Robert Swindells
Mauern aus Schweigen

Robert Swindells

Mauern aus Schweigen

Aus dem Englischen
von Angelika Feilhauer

Urachhaus

Die englische Originalausgabe erschien 1998
unter dem Titel *Abomination* bei Doubleday,
einem Unternehmen der Transworld Publishers Ltd., London.

ISBN 3-8251-7362-3

In neuer Rechtschreibung
Erschienen 2002 im Verlag Urachhaus

Umschlagillustration: Hauke Kock, Kiel
Gesamtherstellung: Clausen & Bosse, Leck

1. Martha

Heute haben sie mich wieder nach Hause gejagt, und Scott, der neue Junge, war dabei. Als er mir gestern zulächelte, hoffte ich, dass wir Freunde werden, aber von wegen. Während ich den Taylor Hill hinaufrannte, brüllte er ›Lumpen-Ann‹, genau wie die anderen.

Als ich zur Tür hereinkam, sagte Mutter: »Du bist gerannt.« Ich habe ihr nie erzählt, dass die Kinder mich jagen, und sie mag es nicht, wenn ich renne. Ich sagte: »Ja, Mutter, es tut mir leid.« Sie schüttelte missbilligend den Kopf, wie es so ihre Art ist. »Alles hat seine Zeit, Martha«, sagte sie. »Alles Vorhaben und Tun hat seine Zeit.«

Ich hasse meinen Namen. Martha. Er stammt aus der Bibel, aber die anderen Kinder finden ihn blöd. Sie nennen mich Arthur oder Ma, und dann habe ich noch Glück. Meistens nennen sie mich Lumpen-Ann, wegen meiner Kleider. Mutter näht meine Kleider, aber ich wünschte, sie täte es nicht. Die Kleider sind gut und ich weiß, dass Mutter sie näht, weil sie mich liebt, aber sie sind so anders. Ich meine, es sind keine Lumpen oder so etwas – das ist nicht der Grund, weshalb die anderen Kinder mich Lumpen-Ann nennen. Mutter würde eher sterben, als mich in Lumpen herumlaufen zu lassen, aber die Kleider sehen komisch aus. Man erkennt sofort, dass sie selbst genäht sind. Ich habe mal gesagt, dass alle anderen Kinder Nike-Turnschuhe und Jogginghosen und solche Sachen tragen, doch Mutter antwortete nur: »Alles eitel.« In der Bibel findet sich immer ein passender Spruch.

Die anderen Kinder kennen die Bibel nicht. Mutter sagt, sie wachsen in Finsternis auf wie die Heiden, aber ich weiß nicht recht. Ich meine, ich weiß, dass die Bibel das Wort Gottes ist und Gott niemals lügt, aber in der Bibel steht, dass die Armen das Land bekommen werden, und ich bin arm, nicht die anderen Kinder, doch mir scheint, dass sie dieses kleine Stück Land bekommen haben – das kleine Stück, wo ich lebe.
Egal. Heute ist Dienstag, also gibt es Lammkoteletts mit grünen Bohnen und Kartoffelbrei. Vater sagt, einfache Kost sei die beste. Gute, einfache Kost, nennt er es. Bei uns gibt es niemals Pizza oder Spaghetti oder Fisch und Pommes. Manchmal gibt es Kuchen oder Plätzchen, aber sie sind selbst gemacht wie meine Kleider. Vater sagt, die aus dem Laden wären für faule Menschen.
Ich darf mich niemals sofort an den Tisch setzen, denn es gehört zu meinen Aufgaben, Gräuel zu füttern. Das ist schlimmer als alles andere. Schlimmer als an den Haaren gezogen, verspottet oder gejagt zu werden. Ich hasse den Keller, aber dort lebt Gräuel nun mal, und deshalb muss ich Tag für Tag hinuntergehen. Wenn die anderen Kinder das wüssten, würden sie mich vielleicht in Ruhe lassen, aber sie wissen es nicht, denn es ist ein Geheimnis. Niemand weiß davon, außer Vater, Mutter und mir. Und Gott, nehme ich an. Vor Gott kannst du keine Geheimnisse haben.

2. Scott

Ich denke, ich werde klarkommen auf der Southcott Middle. Ich bin in Mr Wheelwrights Klasse. Er ist okay. Sieht aus wie dieser komische Typ aus dem Fernsehen, Rolf Harris, aber er findet Computer gut und ist ein Fan von Manchester United, also kann er nicht so übel sein.
Die Kids sind auch okay, abgesehen von ein oder zwei eingebildeten Affen und ein paar Gehirnamputierten, aber die gibt es überall. Der Sportplatz ist klasse und nach dem Mittagessen kannst du mit den Computern in der Bibliothek spielen. Allerdings musst du schnell sein – es gibt nur zehn Computer, und wer zuerst kommt, malt zuerst, aber das ist in Ordnung. Ein großer weißer Hai könnte eine Mahlzeit nicht schneller herunterschlingen als ich.
Oh, beinahe hätt' ich's vergessen. Da ist noch dieses echt seltsame Mädchen. Martha Dewhurst. Die anderen Kinder lachten gestern, weil Wheelwright mich an ihren Tisch gesetzt hat. Ich hab erst kapiert, weshalb sie lachen, als in der Vormittagspause dieser Typ namens Simon zu mir kam und sagte: »Halt deinen Kopf von dem Lumpen-Anns fern, wenn du keine Läuse kriegen willst.« Das ist ihr Spitzname – Lumpen-Ann. Ich glaube nicht, dass sie Läuse hat, aber zwischen ihr und allen anderen an unserem Tisch scheint eine Lücke zu klaffen, und keiner leiht ihr seinen Radiergummi. Sie trägt höchst sonderbare Kleider. Ich meine, sie entsprechen schon der Schuluniform – weinroter Pullover, grauer Rock –, aber sie sehen nicht aus wie die der

anderen. Ihre Mutter muss sie genäht haben, denke ich. Oder ihre Großmutter.

Nach der Schule spielen sie immer so ein Spiel: ›Jagt Lumpen-Ann‹. Irgendeiner beginnt zu singen: *Jagt Lumpen-Ann, jagt Lumpen-Ann.* Ein paar andere fallen ein, und wenn es ungefähr zehn sind, beginnen sie Martha zu jagen. Gestern habe ich nicht mitgemacht ... sie hat mir ein bisschen leid getan, wenn du es unbedingt wissen willst ... aber heute war ich dabei, weil Simon angefangen hat, und er ist mein Freund. Sie sieht echt komisch aus, wenn sie rennt. Sie hat schrecklich lange, dünne Beine, die beim Laufen irgendwie nach allen Seiten fliegen, und ihre Arme rudern auch überall herum. Ich bezweifle, dass sie jemals für England laufen wird. Die anderen Kids wollen sie gar nicht fangen ... dann wäre das Spiel ja gleich vorbei ... also halten sie immer etwas Abstand, laufen ungefähr fünfzig Meter hinter ihr, während sie rufen: *Lumpen-Ann, Lumpen-Ann, wenn wir dich kriegen, bist du dran.* Sie scheint nicht zu wissen, dass die Kids sie gar nicht fangen wollen. Du siehst, dass sie ihr Höchsttempo vorlegt. Sie wohnt auf diesem mordssteilen Hügel, dem Taylor Hill. Ihr Haus steht fast ganz oben, und wenn sie das Gartentor erreicht, bricht sie beinahe zusammen. Wir bleiben stehen und beobachten sie, während sie wie ein tödlich getroffener Gangster den Weg hinauftaumelt. Dann gehen wir den Hügel wieder hinunter, lachen und machen Witze und rauchen zusammen eine Kippe.

Ich denke, ich werde in meiner neuen Schule zurechtkommen.

3. Martha

Am schönsten finde ich die Zeit nach dem Abendessen, weil ich dann das Haus für mich allein habe. Vater arbeitet als Vertreter bei einer Versicherungsfirma. Er macht seine Runde abends, denn dann sind die Leute zu Hause, und Mutter arbeitet in der Abendschicht in einer Stofftierfabrik.

Ich muss abwaschen und mich um Gräuels Ferkelei kümmern, aber anschließend habe ich bis zehn Uhr Zeit für mich, außer im Winter, dann nur bis halb zehn. Wir haben keinen Fernseher. Manchmal höre ich Radio One, aber beim Ausschalten muss ich daran denken, den Sender wieder zu verstellen, denn die Gerechten glauben, dass der Teufel sich durch Popmusik an junge Menschen heranmacht. Die Gerechten, das ist unsere Glaubensgemeinschaft. Letztes Jahr hab ich es abends mal vergessen, und als Vater am nächsten Morgen die Nachrichten einschalten wollte, erwischte er Madonna, und mich erwischten Prügel mit der Rute. Eigentlich ist es ein Rohrstock, aber Vater nennt es die Rute. Sein Lieblingsspruch lautet: *Erzieh den Knaben für seinen Lebensweg, dann weicht er auch im Alter nicht davon ab.* Wohlgemerkt, es heißt ›Knabe‹, nicht ›Mädchen‹. Es geht nicht um Mädchen, aber das scheint Vater entgangen zu sein und ich wage es nicht, ihn darauf aufmerksam zu machen.

Sie werden übrigens mit großer Umsicht erteilt, meine Schläge. O ja. Damit nicht irgendein Schlaumeier die Striemen an mir entdeckt. Immer auf den Po, sodass sie beim Sport versteckt sind und selbst wenn ich schwimmen gehe. Ich könnte sie natürlich

jemandem zeigen, aber dann würde Vater Ärger bekommen, und dafür möchte ich nicht verantwortlich sein. Er glaubt, das Richtige zu tun, weißt du: dass es zu meinem Besten ist.
Egal. Wenn ich zu ein paar der Teufelsmelodien durch die Küche getanzt bin, gehe ich gewöhnlich in mein Zimmer hinauf und schaue Marys Postkarten an. Mary ist meine große Schwester. Vater hat sie fortgeschickt, als ich sechs war. Sie ist erwachsen und den Postkarten nach zu urteilen ist ihr Leben echt interessant. Die Karten kommen aus allen möglichen Orten: London, Liverpool, Birmingham. Eine ist sogar aus Amsterdam. Einige sind an Mutter und Vater adressiert und einige an mich. Ich dürfte eigentlich keine einzige haben. Vater zerreißt sie ungelesen und wirft sie in den Mülleimer, aber ich hole sie wieder heraus und klebe sie mit Tesafilm zusammen. Das tue ich, seit ich sechs bin. Damals konnte ich noch nicht lesen, aber ich wusste, von wem die Karten stammten, und die Bilder waren schön. Inzwischen habe ich einunddreißig Stück in einem Schuhkarton unter den Bodendielen, zusammen mit meinem Poster von den Blurs, vier Büchern mit Horrorgeschichten und ein paar anderen Sachen, die meinen Eltern nicht gefallen würden.
Mutter sagt, wir sind etwas Besonderes, weil wir Gerechte sind, aber das macht die Sache für mich auch nicht besser. Ich möchte nichts Besonderes sein, wenn das bedeutet, dass ich Dinge verstecken muss.
Wenn ich keine Freunde zu mir einladen kann.
Wenn ich überhaupt keine Freunde haben kann.

4. Scott

Für Samstagmorgen hatte ich mich mit Simon in der Stadt verabredet, um mir alles von ihm zeigen zu lassen, doch beinahe wäre die Verabredung geplatzt. Früher wohnten wir in der Nähe von Birmingham und meine Erzeugerfraktion ließ mich nie allein in die Stadt gehen. Zwölf Jahre wäre zu jung, sagten sie, obwohl ein paar meiner Freunde das jedes Wochenende machten. Als ich Freitagabend davon anfing, gab es Krach. Wie kommst du dazu, solche Verabredungen zu treffen, ohne vorher zu fragen, sagten sie. Wir kennen den Jungen nicht. Diesen Simon. Du rufst ihn besser an und sagst ihm, dass du nicht kommen wirst.

Ich bekam sie herum, aber nur, weil ich Simons Nummer nicht hatte. Pa sagte, ich sollte im Telefonbuch nachschauen, doch ich behauptete, seinen Nachnamen nicht zu kennen. Natürlich kenne ich ihn ... er heißt Pritchard ... aber das wusste Pa nicht. Zuletzt beschlossen er und Ma, dass die Sache vermutlich okay wäre, weil Scratchley ein kleiner Ort ist. Ich war echt froh ... es schien, als hätten sie endlich gemerkt, dass ich kein kleines Kind mehr bin. Am liebsten wäre ich mit geballten Fäusten durch das Zimmer getanzt und hätte *JA!* geschrien, aber ich tat es nicht. Ich gab mich total cool.

Als ich am Abend im Bett lag, musste ich an Martha denken. Frag mich nicht, weshalb. Am Mittwoch und Donnerstag hatte auch ich sie nach Hause gejagt, aber heute war ich nicht dabei und Simon auch nicht. Wir waren zu sehr mit unserer Verabredung beschäftigt. Aber andere haben sie gejagt. Ich glaube nicht, dass sie auch nur einmal einfach nach Hause gehen kann wie alle anderen. Irgendwie tut sie mir leid, doch sie macht mich auch wütend. Ich weiß, das klingt komisch, aber es ist so. Mich ärgert, dass sie alles einsteckt. Ich meine, wenn sie es jemandem erzählen würde ... Mr Wheelwright oder irgendeinem anderen Lehrer ... er würde etwas unternehmen, oder? Er würde der Sache ein Ende machen oder es wenigstens versuchen. Zumindest würde eine Vollversammlung über das Schikanieren von Mitschülern stattfinden. Und im Unterricht tut sie, als würde sie gar nicht merken, dass um ihren Stuhl herum gähnende Leere herrscht oder dass niemand mit ihr spricht. Sie fragt weder, ob sie sich etwas leihen kann, noch versucht sie ein Gespräch zu beginnen. Sie sitzt mit gesenktem Blick da und konzentriert sich auf ihre Arbeit, und wenn Mr Wheelwright ihr eine Frage stellt, beachtet sie das Gekicher nicht und antwortet ruhig, und meistens ist die Antwort richtig. Es scheint, als könnte sie nichts aus der Ruhe bringen. Sie ist wie ein kleines, hilfloses Tier. Weint nie.

Ich lag jedenfalls lange Zeit da und dachte über sie nach und hatte eine schlechte Nacht, sodass es mir eher wie zehn Uhr abends als zehn Uhr morgens vorkam, als ich Simon im Einkaufszentrum traf. Ich fragte mich, was er wohl sagen würde, wenn ich ihm erzählte, dass Lumpen-Ann mir keine Ruhe ließ. Natürlich tat ich es nicht. Wenn du nur einen Freund hast, möchtest du ihn behalten.

5. Martha

Heute hat mir Scott sein Lineal geliehen. Ich hatte meines zu Hause benutzt und vergessen, es in meine Tasche zurückzustecken. Ich habe ihn nicht danach gefragt. Er sah mich herumkramen und sagte: »Hast du was verloren?«

»Ja«, flüsterte ich. »Mein Lineal.« Ich dachte, er würde kichern und ›Pech‹ oder so etwas sagen, aber nein. Er schob mir einfach sein Lineal herüber. Ich schaute auf, um zu sehen, ob er es wegschnappen wollte, sobald ich danach griff, aber er schrieb. Ich unterstrich meine Überschrift und schob das Lineal über den Tisch zurück. »Danke.«

»Schon okay.« Er sah nicht auf.

Tracy Stamper schnaubte verächtlich. »An deiner Stelle würde ich das Ding jetzt verbrennen. Es ist verseucht.« Scott schenkte ihr keine Beachtung.

Ich weiß, was du jetzt denkst. Du denkst: *Na und. Weshalb macht sie so ein Aufhebens, nur weil ihr jemand sein Lineal leiht?* Na ja, ich weiß, für dich ist das kein großes Ding. Kids leihen ständig Sachen bei anderen aus, aber ich nicht. Bis heute hat mir noch nie jemand etwas geliehen oder etwas von mir geborgt. Und obwohl es nur dieses eine Mal war und Scott nicht wieder mit mir sprach und mich nicht einmal mehr anschaute, war es wichtig. Mein Tag war gerettet. Es machte mir nicht mal etwas aus, als sie mich nach Hause jagten. Ich war sogar glücklich, weil Scott nicht bei ihnen war. Wenn du nie wie Luft behandelt worden bist, wird das für dich einfach dämlich klingen.

Mein größter Wunsch wäre, jemanden zu haben, mit dem ich sprechen kann. Über mein Leben. Mein Zuhause. Verstehst du – ich *weiß*, weshalb die Kids mich nicht leiden können. Ich weiß, dass ich ihnen seltsam vorkomme, aber das bin ich nicht. Ich nicht. In meinem Innern bin ich genau wie sie. Ich mag Popmusik und Fernsehen und Klamotten, aber das alles darf ich nicht haben. Alles verboten. Ich würde gern eine Party geben, alle, die an meinem Tisch sitzen, einladen, aber ich darf nicht mal eine Freundin nach Hause mitbringen. Na ja, in der Glaubensgemeinschaft gibt es auch Kids. Gerechte Kids. Sie besuchen sich gegenseitig, spielen miteinander, aber bei mir ist das anders. Ich darf niemanden ins Haus bringen, denn er könnte ja etwas über Gräuel herausfinden. Ich kann die Kinder besuchen – früher habe ich das auch getan –, aber ich lud sie nie zu mir ein, deshalb kümmerten sie sich nicht mehr um mich, und das kannst du ihnen nicht einmal übel nehmen. Aber wenn es nur einen Menschen gäbe, der mich versteht, einen einzigen Menschen, der Bescheid wüsste, dann könnte ich alles ertragen, glaube ich.
So. Es ist sieben Uhr, meine Eltern sind fort und ich liege auf meinem Bett und träume vor mich hin. Das mache ich oft. Auf diese Weise flüchte ich für eine Weile. Dieser spezielle Tagtraum unterscheidet sich von den meisten anderen, weil er auf einer Tatsache beruht ... der Tatsache, dass Scott mir sein Lineal geliehen hat. In meiner Phantasie gehe ich in der Pause zu ihm und bedanke mich. Wir reden miteinander und es stellt sich heraus, dass er mich mag. Mit mir ausgehen will. Wir besuchen ein Livekonzert der Blurs. Meine Eltern denken, ich sei im Bibelunterricht. Von nun an sind wir unzertrennlich, Scott und ich. Eines Tages erwischt er Gordon Linfoot, als der bei mir hinter dem Fahrradschuppen die Brennnessel macht, und verprügelt ihn. Ein anderes Mal steht er bei einer Mathearbeit vollkommen auf dem Schlauch und ich stecke ihm einen Zettel mit sämtlichen Lösungen zu. Wir schneiden als Klassenbeste ab,

und um das zu feiern, fahren wir mit dem Zug nach London, wohnen in einem todschicken Hotel und kaufen uns in der Oxford Street die neuesten Klamotten. Mutter und Vater wissen davon nichts ... sie liegen nach einem Autounfall im Koma. Erstaunlich, wohin das führen kann, wenn man sich bei jemandem ein Lineal leiht.

6. Scott

In der Stadt hat es mir gut gefallen. Simon ist kurz nach mir aufgetaucht und wir haben uns den Laden mit Videospielen und ein paar andere Geschäfte im Einkaufszentrum angesehen, ehe er mir die Stadt zeigte. Viel gibt es in Scratchley nicht zu sehen. Die guten Läden befinden sich alle im Einkaufszentrum. Davon abgesehen ist der Park das Beste. Durch die Stadt fließt ein Fluss und der Park liegt auf beiden Uferseiten, die durch eine Fußgängerbrücke miteinander verbunden sind. Es gibt einen Fahrradweg, einen Platz für Skateboarder und ein Café mit Tischen drinnen und draußen, wo man Burger und Coke und solche Sachen bekommt. Samstags gehen viele Kids dorthin. Wir trafen Tracy Stamper und ein anderes Mädchen aus der Schule. Tracy sagte zu mir: »Falls du auf Lumpen-Ann wartest, verschwendest du deine Zeit. Sie kommt nie hierher.« Diese dumme Tussi. Vermutlich hat sie das gesagt, weil ich Martha mein Lineal geliehen habe.

»Ich warte auf niemanden«, erwiderte ich, »und wenn, dann bestimmt nicht auf dich.«

Außerdem ist die Bücherei cool, denn im Obergeschoss gibt es einen Raum, in dem sie manchmal eine Musikbox anschalten. Über der Treppe hängt ein Schild – ERWACHSENENFREIE ZONE – und der ganze Raum ist mit Sachen wie Postern und Mobiles und riesigen Stofftieren dekoriert. Ich war ganz aufgeregt, aber es war niemand da. Simon hat dort schon Stifte und Puzzles und eine Menge anderer Sachen umsonst bekommen,

und einmal haben sie ihn mit einer Videokamera aufgenommen und er hat sich selbst im Fernseher gesehen. »Wir checken das nächste Woche noch mal«, sagte er.
Als wir hungrig wurden, gingen wir in den Park zurück, um etwas zu essen. Da es warm und sonnig war, setzten wir uns ins Freie. Tracy und ihre Freundin waren fort. Wir bestellten Riesen-Cheeseburger mit Pommes, und während wir warteten, tranken wir Cola, und es war wirklich kein ›Fastfood‹. Bis das Essen endlich kam, hättest du bei McDonalds längst gegessen und den halben Weg nach Australien zurückgelegt, aber es schmeckte gut.
»Hast du schon von der Klassenfahrt gehört?«, fragte Simon zwischen zwei Bissen. Ich schüttelte den Kopf.
»Supersache. Die achte Klasse fährt jedes Frühjahr nach den Pfingstferien fort. Drei Tage. In die Hanglands. Kanu fahren, Höhlen erkunden, abseilen, was du willst. Kostet siebzig Pfund. Erkundige dich mal bei Killer Kilroy.« Mr Kilroy gab Sportunterricht für die Jungen.
»Fahren alle mit?«
»Nicht alle. Manche Eltern wollen nicht, dass ihre Kids sich abseilen und solche Sachen machen. Sie glauben, es wäre gefährlich. Und einige können es sich nicht leisten.«
»Was tun die Kids dann drei Tage lang ... ich meine, diejenigen, die zu Hause bleiben?«
Simon zuckte mit den Achseln. »Sie helfen Kids der anderen Jahrgänge oder Chocky sucht für sie irgendwelche Beschäftigungen.« Chocky war Mr Cadbury, der Direktor. Simon grinste. »Ich wette, ich weiß jemanden, der nicht mitfährt.«
»Wen?« Ich wusste genau, wen er meinte, doch ich wollte beweisen, dass ich nicht an sie dachte.
»Ich gebe dir einen Tipp. Sie sitzt an deinem Tisch.«
»Martha?«
»Korrekt. Hundert Punkte.«
Aber ich dachte sehr wohl an sie. Schon den ganzen Morgen.

Was macht Martha wohl samstags? Hat sie Spaß? Weiß sie, was Spaß ist? Und weshalb kümmert mich das, verdammt? Ich wollte nicht über die traurige Tussi nachdenken, lieber Himmel. Tatsächlich dachte ich an nichts anderes, aber ich konnte nichts dagegen tun. Ich sah ständig dieses blasse Gesicht, dieses Haar, das aussah, als sei es mit Messer und Gabel geschnitten worden, diese großen, schrecklichen Augen.
He! Vielleicht ist sie eine Hexe. Vielleicht hat sie mich verhext, als sie mein Lineal anfasste.

7. Martha

Was machst du sonntags? Ausschlafen, ausgiebig frühstücken, mit deinen Leuten einen Ausflug im Auto unternehmen? Die meisten Menschen scheinen das zu machen und schließlich in Gartencentern, auf Sonntagsmärkten oder an irgendwelchen Ausflugszielen zu landen. Ein paar schauen zuerst in der Kirche vorbei, aber nicht viele. Jedenfalls ist es ein schöner Tag, auf den man sich die ganze Woche freuen kann.

Lass mich dir von *meinem* Sonntag erzählen. Meinem Sabbat. Dem Sabbat der Gerechten.

Er beginnt morgens um sechs, sommers wie winters. Bei Regen wie bei Sonnenschein.

Mein Wecker klingelt. Ich stehe auf, wasche mir die Hände und das Gesicht mit kaltem Wasser, ziehe das braune Kleid an, das Mutter für mich genäht hat, mache mein Bett und räume mein Zimmer auf. Im Winter tue ich das alles im Dunkeln. Um Viertel vor sieben gehe ich hinunter. Es gibt kein elektrisches Licht, keine Heizung, kein Frühstück. Nur eine Kerze, die an Vaters Tischende brennt, wo er mit der großen Bibel sitzt. Am anderen Ende sitzt Mutter, während des Winters im Dunkeln. *Guten Morgen, Martha,* sagt Vater. *Guten Morgen, Vater,* erwidere ich. *Guten Morgen Martha,* sagt Mutter. *Guten Morgen, Mutter,* sage ich und setze mich. Der Fußboden besteht aus Steinfliesen und ich achte darauf, nicht mit den Beinen meines Stuhls zu scharren. Die Bibel ist auf der Seite aufgeschlagen, die Vater ausgesucht hat. Nachdem er ein kurzes Gebet mit uns gesprochen hat, liest

er eine Geschichte aus dem Alten Testament vor. Vielleicht die Geschichte von Esau und Jakob oder Gideon oder Simson oder Jona oder irgendeine andere Geschichte. Ich kenne sie alle. Wenn er fertig ist, sagt er: *Das Wort Gottes* und schließt die Bibel. Mittlerweile ist es ungefähr Viertel nach sieben. Im Keller hören wir Gräuel, der Spektakel macht, weil er noch nichts zu essen bekommen hat, aber niemand verliert ein Wort darüber.
Wir machen uns für die Kirche bereit. Sie liegt anderthalb Kilometer entfernt und wir gehen zu Fuß. Seit ich auf der Welt bin, haben wir nur einmal einen Gottesdienst versäumt. Es hatte die ganze Nacht geschneit und gestürmt. Manche der Schneewehen waren anderthalb Meter hoch. Ich war damals sechs Jahre alt. Wir machten uns auf den Weg, aber wir mussten umkehren. Nur ein paar Tage zuvor hatte Vater Mary fortgeschickt. Er sagte, die unpassierbare Straße sei Gottes Strafe für ihn, weil er eine solche Tochter großgezogen hätte. Ich erinnere mich, dass ich dachte, Gott wollte ihn vielleicht bestrafen, weil er sie aus dem Haus geworfen hatte, aber natürlich sagte ich nichts. Vielleicht dachte ich es nicht einmal ... nicht mit sechs. Vielleicht kam ich darauf, als ich etwas älter war. Egal.
Der Gottesdienst beginnt um Viertel nach acht und dauert gewöhnlich bis elf. Ja, ganz recht ... volle zwei und drei viertel Stunden Beten und Zuhören. Das Gebäude ist kalt und kahl. Wir sitzen auf harten Holzstühlen und dürfen uns nicht rühren. Sogar die kleinsten Kinder müssen ganz still sitzen und aufpassen. Vielleicht möchtest du das mal ausprobieren, mitten im Winter, wenn du hungrig bist und nasse Füße hast, weil Schnee in deine Stiefel gekommen ist. Sag dir, dass Gott dich liebt. Es wird nicht helfen.
Der Heimweg wärmt uns auf und zu Hause angekommen, dürfen wir ins zwanzigste Jahrhundert zurückkehren. Vater schaltet die Heizung ein und Mutter stellt einen Eintopf in das Mikrowellengerät, den sie am Vortag gekocht hat. Ich werde in den Keller geschickt, um Gräuel zu füttern, was schrecklich ist,

aber dann kommt der Höhepunkt meines Tages … ich bekomme etwas zu essen.
Am Nachmittag mache ich meine Hausaufgaben, während Vater die Bibel studiert und Mutter näht. Um fünf brechen wir zur Sechs-Uhr-Andacht auf. Wieder diese Stühle, dieses Mal für ungefähr eine Stunde. Dann der Nachhauseweg (normale Leute zischen auf der Rückkehr von ihrem Ausflug in Autos an uns vorbei), ein Becher Kakao und ab ins Bett.
An der Wand im Esszimmer hängt ein gerahmter Spruch. *Sechs Tage soll man arbeiten; der siebte Tag ist Sabbat, Ruhetag.*
So lautet er. Weshalb bin ich dann sonntagabends fertiger als die ganze übrige Woche?

8. Scott

Am Sonntagnachmittag habe ich zufällig Martha gesehen. Es war kurz nach fünf. Wir waren in den Borley Water Gardens gewesen, und als wir durch die Wentworth Road fuhren, lief sie da mit zwei Gruftis. Ihren Eltern, vermutlich. Du hättest sie sehen sollen. Die Sonne schien und es war immer noch warm, und trotzdem trug der Typ einen dicken schwarzen Mantel, der ihm fast bis zu den Knöcheln reichte, und einen schwarzen, breitkrempigen Hut. Die Frau hatte ein unförmiges braunes Ding an, für das sie sich in einem Wohltätigkeitsladen schämen würden. Sie trug einen verbeulten alten Hut, der wie eine Ratte aussah, die auf ihren Kopf gekrochen und dort verendet war. Auch Martha war braun gekleidet und ging mit gesenktem Kopf zwischen ihrer Erzeugerfraktion. Wenn meine Eltern so aussähen, würde ich auch mit gesenktem Kopf herumlaufen. Als wir vorbeiflitzten, winkte ich, aber ich weiß, dass sie mich nicht gesehen hat, denn am Montagmorgen fragte ich sie.

Na ja, sie tat mir leid. Außerdem wollte ich wissen, wo sie sonntagnachmittags um fünf Uhr hingegangen war. Es war kurz vor dem Klingelzeichen um neun. Sie stand wie üblich allein herum, nicht weit vom Lehrerzimmerfenster entfernt. Ich schlenderte zu ihr hinüber und gab mir Mühe, dass es wie zufällig wirkte. Ich persönlich habe nichts gegen sie, aber es sollte nicht so aussehen, als ob ich ihre Gesellschaft suchte.

»Tag.«

»Oh … hallo, Scott.« Sie errötete. Das erste Mal, dass ich sie in Farbe sah.
»Hast mich gestern nicht gesehen, oder?«
»Gestern? Wo?«
»Wentworth Road. Nachmittags. Du bist dort entlanggelaufen. Wir sind vorbeigefahren.«
»Oh.« Sie schüttelte den Kopf. »Nein, ich habe dich nicht gesehen.«
»Ich habe gewinkt.«
»So? Danke, aber ich fürchte, ich habe es nicht bemerkt.«
»Du musst dich nicht bei mir bedanken. Ich habe bloß gewinkt. Waren das deine Eltern?«
»Ja, Mutter und Vater. Wir waren unterwegs zur Kirche.«
»Ach so. Zu welcher Kirche denn?«
»Du wirst sie nicht kennen. Die Kirche der Gerechten in der Hustler Street, aber sie sieht nicht wie eine Kirche aus. Sie hat keinen Kirchturm oder so etwas.«
»Verstehe. Was passiert dort … ist es gut?«
»Ich … weiß nicht, was du meinst. Es ist eine Kirche. Du weißt doch, was in der Kirche passiert.«
»Nein, weiß ich nicht. Bin nie dort gewesen. Ich nehme an, es ist wie eine Art Schulversammlung?«
»Na ja, es ist etwas … ernster. Und dauert länger.«
»Aber du triffst dort Freunde, oder nicht?«
Sie zuckte mit den Achseln. »Sozusagen. Sie kümmern sich nicht viel um mich, weil ich niemanden nach Hause einladen darf.«
»Weshalb?«
»Weil … mein Vater das sagt.«
»Tust du immer das, was dein Vater sagt?«
»Also, ja … *du* nicht?«
»Nicht immer. Hast du Brüder, Martha? Oder Schwestern?«
»Nein, ich bin allein.« Sie runzelte die Stirn. »Weshalb stellst du mir diese ganzen Fragen, Scott?«

»Oh, ich war neugierig, mehr nicht. Dann bis später, okay?« Ich war länger bei ihr geblieben, als ich vorgehabt hatte. Ich ging weiter und sie rief mir hinterher: »Ja, Scott, bis später.« Ich schaute nicht zurück.

9. Martha

»Du siehst glücklich aus, Martha. Hattest du einen schönen Tag in der Schule?«
»Ja, Vater.« Es ist halb sieben. Wir sitzen beim Abendessen. Es gibt Leber, aber ausnahmsweise ist es mir egal.
»Hast du ein Lob bekommen?«, fragt Mutter.
»Nein.«
»Was gibt es dann?«
»Der neue Junge, Scott. Er hat mit mir gesprochen. Hat mir Fragen gestellt.«
»Was für Fragen, Martha?« Vaters Ton ist scharf.
»Oh ... Sachen über mich. Er hat uns gestern in der Wentworth Road gesehen und gewinkt. Ich habe ihn nicht gesehen.«
»Was hat er dich gefragt, Kind?«
»Ich kann mich nicht genau erinnern. Ob ihr meine Eltern seid. Wo wir hingegangen sind. Ob ich Schwestern oder Brüder habe.«
»Und was hast du geantwortet?«
»Ich hab gesagt, ich wäre allein.«
»Gut. Nun hör mir mal zu, Martha.« Er legt Messer und Gabel beiseite. Jetzt wird er alles verderben. Ich weiß es. »Es ist eine schöne Sache, einen Freund zu haben. Mutter und ich möchten, dass du viele Freunde hast, aber du musst begreifen, dass wir Gerechten anders als andere Menschen sind ... so anders, dass sie uns oft seltsam finden. Wenn du dich zu sehr auf diesen Jungen einlässt, wird es dich furchtbar verletzen, wenn er fest-

stellt, dass er mit deiner Lebensweise nichts anfangen kann, und er nichts mehr von dir wissen will.«

In meinem Hals bildet sich ein Kloß. Glaubt mein Vater wirklich, dass ich nicht schon längst furchtbar verletzt bin? Begreift er nicht, dass ich einfach wie alle anderen sein will? Ich schüttele den Kopf. »Ich habe mich nicht auf ihn eingelassen, Vater. Er hat mit mir gesprochen, mehr nicht. Bitte sag, dass wir Freunde werden können, wenn er es will.«

Vater seufzt, schüttelt den Kopf. »Ich versuche dich nur davor zu bewahren, dass du unglücklich wirst, Kind. Freunde dich mit dem Jungen an, wenn du willst, aber sei vorsichtig. Hüte stets deine Zunge und komm nicht mit ihm nach Hause.«

Komm nicht mit ihm nach Hause. Sie haben keine Ahnung, wie ich mein Zuhause hasse: dass ich selbst nicht nach Hause kommen würde, wenn es nach mir ginge, geschweige denn mit jemand anderem.

10. Scott

Ich habe es mir mit Simon verdorben. Dienstagmorgen. Habe meinen ersten Freund an der Southcott Middle verloren, und alles nur wegen Martha.
Am meisten ärgert mich der lächerliche Anlass. Der alte Wheelwright stellte eine Frage und Martha streckte die Hand hoch. Als er sagte: »Ja, Martha?«, trat Simon sie unter dem Tisch und sie machte: »Au!«
»Um alles in der Welt, was ist los?«, fragt Wheelwright, und statt Simon zu verpetzen, sagt Martha: »Nichts, Sir.« Und Wheelwright sagt: »Das klang mir aber nicht so, Martha« und lässt einen anderen die Frage beantworten. Ich funkelte Simon bloß an und knurrte: »Wird es dir eigentlich nie langweilig, immer die Gleiche zu ärgern?« Ich weiß nicht mal, weshalb ich das sagte. Egal. Es kam nicht besonders gut an.
»Komisch, dass du das sagst«, säuselte Simon, »denn es wird tatsächlich ein bisschen langweilig. Ich nehme an, es ist Zeit, dass wir uns ein neues Opfer suchen, und du hast dich gerade freiwillig angeboten.«
In diesem Moment dachte ich mir nichts dabei. Hielt es für einen Scherz, doch als die Pause kam, redete er nicht mit mir. »Verpiss dich, Coxon«, knurrte er und ging davon.
Schlimmer kam es dann in der Mittagspause. Ich ging mit meinem Tablett durch den Speisesaal, als Gordon Linfoot seinen Fuß ausstreckte. Ich machte eine Art Hechtsprung und mein Tablett flog durch die Luft. Alle klatschten, als die beiden Teller

auf dem Fußboden zersprangen und Sauce und Pudding in alle Richtungen spritzten. Chocky sprang vom Lehrertisch auf und eilte zu mir, während ich mich aufrappelte.
»Zum Teufel, was treibst du da, Junge?«
»Sir ...«, ich deutete mit dem Kopf auf Linfoot. »Er hat mir das Bein gestellt, Sir.«
»Gar nicht wahr, Sir ... schauen Sie!« Gordon zeigte auf meinen Schuh. »Sein Schnürsenkel ist offen.«
So war es auch. Mein Pech. Chocky ließ mich Mopp und Eimer holen und stand neben mir, während ich alles aufsammelte und das Parkett wischte, praktisch unter den Augen der ganzen Schule. Ich wurde dermaßen rot, dass ich meinte, meine Wangen würden lichterloh brennen. Als ich fertig war, schickte Chocky mich hinaus und ich musste vor seiner Tür stehen, bis der Nachmittagsunterricht begann. Kein Mittagessen und keine Chance, im Hof aus Linfoot Kleinholz zu machen, was ich nur zu gerne getan hätte. *Egal*, dachte ich, *das kann bis nach der Schule warten*. Ich konnte nicht ahnen, dass es noch viel schlimmer kommen sollte.

11. Scott

Halb vier. Linfoot musste gewusst haben, dass ich ihm an den Kragen wollte, denn als ich in die Garderobe kam, war er fort. Ich packte meine Jacke und rannte ins Freie, und da standen sie in einem Halbkreis um die Tür herum und warteten auf mich. Simon, Tracy, zwei Typen namens Gerry Latimer und Paul Mawson, die Martha immer jagen, und Gordon selbst. Ich blieb stehen und schaute sie an, während ich mich fragte, was sie wohl vorhatten.

Simon lächelte. »Suchst du jemanden, Coxon?«

»Ja, ihn.« Ich deutete mit dem Kopf auf Linfoot.

»Gordon? Weshalb ... was hat er getan?«

»Er weiß es.«

Simon schaute Linfoot an. »Was hast du Coxon getan, Gor?«

Linfoot zuckte mit den Achseln. »Nichts, Simon. Keinen Schimmer.«

Simon wandte sich zu mir. »Er sagt, dass er dir nichts getan hat, Coxon.«

»Er ist ein Lügner.«

»Hörst du das, Gor? Coxon meint, du bist ein Lügner.«

»Nee. *Er* ist der Lügner, Simon. Erzählt Chocky, ich hätte ihm das Bein gestellt.«

»Oooh!« Simon schüttelte den Kopf. »Er hat Chocky angelogen? Das ist übel. Das fällt auf die ganze Klasse zurück, würde Wheely womöglich sagen. Ich weiß nicht, wie ihr darüber denkt, Leute, aber ich meine, dafür muss er bestraft werden.«

»Ja«, sagte Gordon und nickte. »Ich glaube, du hast Recht.«
»Absolut«, murmelte Tracy. Die anderen nickten zustimmend. Simon starrte mich an, während er gleichzeitig lächelte und die Stirn runzelte. »Fragt sich nur, wie.«
»Ich habe eine Idee.« Das kam von Tracy.
Simon schaute sie an. »Was schlägst du vor, Tracy?«
»Ich schlage vor, dass er sein eigenes Lied bekommt, genau wie Lumpen-Ann.«
»Hmm ... dir ist da etwas eingefallen, stimmt's?«
»Vielleicht.«
»Dann los.«
»Also, wie wäre es mit: *Rotzheini Scott, Rotzheini Scott, hat Grips wie 'ne Erbse und Klamotten aus Schrott?«*
Ein Chor begeisterter Rufe beantwortete Tracys Vorschlag, und da begriff ich, dass sie die ganze Sache schon mittags ausgeheckt und geprobt haben mussten. Ich meine, es war kein tolles Lied, aber es war zu gut, als dass Tracy Stamper es sich spontan ausgedacht haben konnte. Egal. Ehe ich wusste, wie mir geschah, stürzte Simon vor und zerrte mich in ihre Mitte, und dann tanzten sie um mich herum, traten und schlugen mich und sangen das Lied. Ich schwang meine Tasche und versuchte aus dem Kreis auszubrechen, aber irgendwer packte die Tasche und riss an ihr und ich ging zu Boden, und dann kam von allen Seiten Schuhleder und trat auf mich ein. Ich dachte: *Das war's, sie werden mich zu Tode trampeln,* aber dann hörte ich einen Schrei und die Kids stoben auseinander, und als Nächstes erinnere ich mich, dass Killer Kilroy neben mir kauerte und Martha ihm über die Schulter schaute. Wie sich herausstellte, hatte sie gesehen, dass sie über mich herfielen, und war losgerannt, um einen Lehrer zu holen. Das steigerte ihre Beliebtheit nicht gerade, kann ich dir sagen. Meine auch nicht.

12. Martha

Ich sah es nur, weil ich beschlossen hatte zu warten. Ich dachte, ich werde warten, bis alle fort sind, damit ich wenigstens einmal nach Hause gehen kann statt zu rennen, und so schloss ich mich in der Toilette ein. Nach zehn Minuten war alles totenstill und ich kam aus meinem Versteck. Ich ging auf Zehenspitzen durch die Vorhalle und lauschte, als irgendwelche Kinder zu singen begannen. Außerdem hörte ich dumpfe Schläge und Schreie und mir war klar, dass da jemand verprügelt wurde. Fast wäre ich zu den Toiletten zurückgelaufen. Ich weiß nicht, weshalb ich es nicht getan habe. Ich weiß nur, dass mich irgendetwas davon abhielt. Ich schlich zur Tür und spähte hinaus und da sah ich Scott, umringt von allen diesen Kindern. Während ich noch schaute, stürzte er zu Boden und sie begannen ihn zu treten, und da wusste ich, dass es meine Schuld war. Er hatte mich in Schutz genommen, als Simon Pritchard mich im Unterricht trat, deshalb machten sie ihn jetzt fertig.

Ich wusste nicht, was ich tun sollte. Wenn ich mutig wäre, hätte ich mich auf sie gestürzt und sie geschlagen und getreten, um meinem Freund zu Hilfe zu kommen, aber ich bin nicht mutig, und deshalb wandte ich mich um und rannte zurück zum Lehrerzimmer. Als ich die Halle durchquerte, kam Mr Kilroy aus dem Geräteraum und schrie: »*Gehen*, Mädel, nicht rennen!«

»Hören Sie, Mr Kilroy«, keuchte ich, »im Hof schlägt eine Clique einen Jungen zusammen.«

Ich mag Mr Kilroy nicht, weil er Kinder herablassend behandelt,

die im Sport schlecht sind, aber um gerecht zu sein … er zögerte nicht lange. »Zeig sie mir«, bellte er, also rannte ich los und er folgte. Als die Kinder ihn kommen sahen, rannten sie wie die Hasen. Scott lag am Boden. Kilroy kniete neben ihm nieder, sprach mit ihm und untersuchte ihn irgendwie. Ich hätte nicht gedacht, dass er so sanft sein kann. Ich stand nur wie angewurzelt da und schaute zu. Als Kilroy sich überzeugt hatte, dass bei Scott nichts gebrochen war, half er ihm auf und bugsierte ihn ins Haus. Ich zottelte hinterher. Sie gingen in den Erste-Hilfe-Raum, wo Killer die Kratzer und Schürfungen, die Scott im Gesicht und an den Händen hatte, mit Watte und Desinfektionsmittel säuberte. Ich stand in der Tür. Scott wusste, dass ich da war, aber er schaute mich nicht an. Ich fragte mich, ob ich gehen sollte. Gerade war ich im Begriff, als Mr Kilroy sich umwandte.
»Wohnt ihr zwei in der gleichen Richtung?«
»Ja«, sagte ich, obwohl es nicht stimmte. Scott runzelte die Stirn, widersprach mir aber nicht.
»Gut«, sagte Killer lächelnd. »Dann kannst du den Patienten nach Hause bringen, Martha. Du bist doch Martha, nicht wahr?«
Ich nickte. Wenn du im Sport eine Null bist, kennt Killer dich nicht.
»Großartig. Dann mal los. Oh …«, er sah Scott an. »Ich will wissen, wer dich angegriffen hat, Junge. Gleich morgen früh. Okay?«
»Ja, Sir.«

»Wo wohnst du?«, fragte ich, nachdem wir wortlos nebeneinander über den Schulhof gegangen waren.
»Dinsdale Rise«, murmelte er. »Weshalb hast du Killer gesagt, dass wir in der gleichen Richtung wohnen?«
»Weil … ich wusste, dass er darauf hoffte. Und weil es meine Schuld ist, dass sie auf dich losgegangen sind.«
»*Deine* Schuld? Wie kommst du denn darauf?«

»Na ja ... sie haben es wegen dem getan, was du zu Simon gesagt hast, oder?«
»Schon möglich, aber ich habe es freiwillig gesagt, also ist es nicht deine Schuld.«
»Ich *fühle* mich aber verantwortlich.«
»Bist du aber nicht.« Er blieb stehen. »Hör zu, du musst mich nicht nach Hause bringen, Martha. Es geht mir gut, ehrlich. Es ist ein riesiger Umweg für dich.«
»Das macht mir nichts aus. Ich *möchte* dich nach Hause bringen.«
»Werden deine Eltern sich nicht fragen, weshalb du zu spät kommst?«
»Nein.« Sie würden sich fragen, aber das war mir egal. In diesem Moment jedenfalls.
»Na gut ... wenn du meinst.« Er lächelte mir schüchtern zu. »Danke übrigens, dass du mich gerettet hast.«
Ich schüttelte den Kopf. »Killer hat dich gerettet. Ich wünschte, ich *wäre* es gewesen.« Das hätte ich nicht sagen sollen, ich weiß. Es rutschte mir einfach heraus.
Er lachte. »Weshalb wünschst du dir das?«
»Na ja, weil ... ich dich nett finde, vermutlich.«
Er nickte. »Ich finde dich auch nett.« Sein Gesicht wurde ernst. »Du weißt, dass sie uns morgen die Hölle machen werden, nicht wahr? Dir, weil du Killer geholt hast, und mir, weil sie noch nicht fertig mit mir waren.«
Ich zuckte mit den Achseln. »Sie machen mir *jeden* Tag die Hölle, Scott. Das bin ich gewohnt.« Ich grinste schwach. »Ich weiß, es ist komisch, so etwas zu sagen, aber es wird schön sein, dass ich nicht die Einzige bin.«
Er lachte leise. »Ich weiß, was du meinst. Egal, wir sind da ... Dinsdale Rise. Ich wohne in Nummer acht. Hast du Lust auf eine Cola oder so hereinzukommen?«
Natürlich hatte ich Lust. Ich hätte schrecklich gern gesehen, wie er lebte, aber ich schüttelte den Kopf. »Lieber nicht. Mutter wird sich Sorgen machen. Trotzdem danke.«

Er schnitt ein Gesicht. »Kein Problem. Dann bis morgen. Oh … und danke fürs Nachhausebringen.«
»Hab ich gern gemacht.«

Ich sah ihm nach, bis er die Tür schloss, dann ging ich zurück. Mir war klar, dass ich zu Hause Ärger bekommen würde, aber ich war froh, dass ich Scott begleitet hatte.

13. Manche haben Pech

»Um Himmels willen, was ist denn mit deinem Gesicht passiert, Scott, mein Schatz?« Sie macht sich ständig Sorgen, meine Mutter.

»Nichts von Bedeutung, Ma. Wir haben gespielt. Hab wohl etwas die Kontrolle verloren, nehme ich an.«

»Ganz offensichtlich. Und wer ist das Mädchen?«

»Mädchen?«

»Das Mädchen, mit dem du gerade gekommen bist.«

»Oh.« Das ist eine andere Eigenschaft von meiner Mutter. Augen wie ein Adler. »Nur eine Mitschülerin. Wir sind zusammen nach Hause gegangen.«

»Ah ... und *deshalb* kommst du zu spät?« Sie zwinkerte. »Ein bisschen auf Brautschau, was?«

»Nein.« Ich schüttelte den Kopf. »Unsinn. Ich kann sie nicht einmal leiden.«

»Sah aber nicht so aus, als würdest du dich von jemandem verabschieden, den du nicht ausstehen kannst, Scott. Wie heißt sie?«

»Martha.«

»Welch ein altmodischer Name. Bin seit Jahren keiner Martha mehr begegnet.«

Ich nickte. »Sie ist ein altmodisches Mädchen.«

»Trotzdem ein schöner Name. Mir gefällt er. Du hättest sie hereinbitten sollen, Scott.«

»Habe ich, Ma, aber sie wollte nicht.«

Ma lachte leise. »Ich dachte, du hast gesagt, dass du sie nicht leiden kannst.«
»Ja, also ...« Ich ging aus der Küche und hängte meine Jacke auf, damit sie nicht sah, wie ich rot wurde. Weshalb müssen Eltern jedes Mal rumnerven, wenn sie dich in fünfzig Metern Entfernung von einem Mädchen sehen? Das ist echt oberpeinlich.

»Welche Uhrzeit hast du jetzt, Martha?« Da sitzen sie, die beiden, starren mich über den Tisch hinweg an. Sie haben mit dem Essen auf mich gewartet. Tierische Laute aus dem Keller sagen mir, dass Gräuel auch warten musste. Ich schaue auf meine Uhr.
»Es ist zehn vor fünf, Vater.«
Er nickt. »Zehn vor fünf. Deine Mutter hatte das Essen wie üblich um Viertel nach vier fertig. Seit fünfunddreißig Minuten sitzen wir nun hier, hören uns diesen Radau im Keller an, und jetzt schmeckt das Essen nicht mehr. Was hast du uns zu sagen?«
»Es tut mir leid, Vater. Tut mir leid, Mutter. Jemand brauchte meine Hilfe. In der Schule. Ich musste helfen.«
»Wer, Martha? Wem musstest du helfen?«
»Scott. Dem Jungen, von dem ich euch erzählt habe.«
»Ah, ich verstehe. Und diese Hilfe ... wie sah sie aus?«
»Er wurde verprügelt. Von einer ganzen Clique. Ich habe einen Lehrer geholt.«
»Und das hat fünfunddreißig Minuten gedauert?«
»Nein. Der Lehrer – Mr Kilroy – hat erste Hilfe geleistet. Ich habe zugeschaut.«
»Weshalb?«
»Weil ... es meine Schuld war, dass Scott verprügelt wurde. Er hat mich in Schutz genommen.«
»Ich verstehe. Und *nach* der ersten Hilfe?«
»Der Lehrer bat mich, Scott nach Hause zu bringen.«
»Der Lehrer hat dich *gebeten*? Weshalb, Martha?«
»Ich nehme an, er glaubte, Scott könnte doch noch ohnmächtig werden oder so etwas, Vater.«

»Und, war es so?«
»Nein, Vater.«
»Nein.« Vater schüttelt den Kopf. »Scott ist nicht ohnmächtig geworden, aber deine Familie musste mit dem Essen warten.«
»Tut mir leid, Vater.«
»Das sagtest du bereits, und ich werde dafür sorgen, dass dir die Sache bald noch erheblich mehr leid tun wird. Du wirst dich um Gräuels Essen kümmern und dann auf dein Zimmer gehen. Und wenn deine Mutter und ich das Brot gebrochen haben, werde ich hinaufkommen und dich maßregeln.«
Hinaufkommen und dich maßregeln. Ich muss dir nicht sagen, was *das* bedeutet, oder? Aber eines soll *mir* bitte mal jemand erklären: Worin besteht der Unterschied zwischen dem, was der barmherzige Samariter für den Mann tat, der unter die Räuber fiel, und dem, was ich für Scott getan habe?

14. Martha

Nachdem Vater mein Zimmer verlassen und die Tür abgeschlossen hatte, damit ich mir in der Nacht nichts zu essen holen konnte, nahm ich meine Postkarten heraus. Wenn ich ›gemaßregelt‹ worden bin, hilft es mir sie anzuschauen, weil sie von anderen Orten sind. Orten, die Vater niemals gesehen hat und niemals sehen wird. Orten, die ich besuchen werde, sobald ich alt genug bin, so wie Mary. Auch sie war hier, in seiner Gewalt, und es muss ihr vorgekommen sein, als würde es niemals enden, aber es hatte ein Ende. Die Rute konnte sie nicht halten. Die Rute trieb sie fort, die Rute und die kalten Sonntagmorgen und die gute, einfache Kost.
Am besten gefällt mir die Karte aus Birmingham. Sie zeigt eine Art Springbrunnen, in dem eine steinerne Dame liegt, aber es ist nicht das Foto, das mir so gefällt. Es sind Marys Worte auf der Rückseite. Als sie mir die Karte schrieb, war ich erst sieben, und so benutzte sie keine Schreibschrift. Deshalb weiß ich, dass sie nett ist. Da steht:

Liebste Marfa (ihr Kosename für mich ... als ich sprechen lernte, konnte ich das *Th* nicht aussprechen),

ich hoffe, dir geht es gut, so wie mir. Birmingham ist groß und voller interessanter Dinge wie diesem Springbrunnen. Ich habe eine Freundin gefunden. Sie heißt Annette. Ich wünschte, du könntest sie kennen lernen, denn sie ist furchtbar lustig. Du

wirst deine große Schwester doch nicht vergessen, Kleine? Sie liebt dich und vermisst dich jeden Tag. Ich werde dir bald wieder schreiben. Sei ein braves Mädchen.
Mary

Du wirst deine große Schwester doch nicht vergessen. Bei diesem Satz muss ich immer weinen. Wie könnte ich. Isebel nennt Vater sie, wenn er sie überhaupt erwähnt, doch ihr gehört etwas, das Vater niemals gehören wird. Meine Liebe.
Ich hoffe, sie erreicht Mary. Meine Liebe, meine ich. Ich sende sie zu ihr, wenn ich im Bett liege. Ich weiß nicht, wo Mary sich aufhält, weil sie nie ihre Adresse angibt, deshalb sende ich ihr meine Liebe wie eine Funkstation durch die Luft. Ich stelle mir vor, dass sie sich in der Dunkelheit ausbreitet wie die Wellen, die entstehen, wenn ein Stein in einen Teich fällt. Sie geht in alle Richtungen, also muss ein Teil davon Mary erreichen, oder?

15. Scott

Irgendwie mag ich Martha schon. Keine Ahnung, weshalb. Sie ist zweifellos sonderbar ... da haben die anderen Recht, aber ich glaube, es ist lange noch kein Grund, jemanden zu ärgern, nur weil er sonderbar ist. Ich meine, du lernst einen sonderbaren Menschen kennen ... richtig kennen ... und ich wette, du findest heraus, dass es einen Grund für sein Benehmen gibt und dass es gar nicht seine Schuld ist.

Über all diese Dinge dachte ich Dienstagnacht im Bett nach, weil ich nicht schlafen konnte. Ich fragte mich immer wieder, was Marthas Eltern wohl gesagt hatten, als sie nach Hause gekommen war. Ob sie Ärger gekriegt hatte? Ihre Eltern hatten echt seltsam ausgesehen, wie sie da die Wentworth Road entlanggingen. Und genau das meine ich ... vielleicht schlägt Martha ihnen einfach nur nach.

Was Mittwochmorgen betrifft, so hatte ich Recht. Sie machten uns die Hölle. Mir jedenfalls. Als ich durch das Tor ging, wartete dort schon der gleiche Haufen. Sie begannen sofort zu singen. Ich hatte etwas in dieser Art erwartet und ging weiter, ohne sie eines Blickes zu würdigen. Sie folgten mir über den Schulhof: *Rotzheini Scott, Rotzheini Scott, hat Grips wie 'ne Erbse und Klamotten aus Schrott.* Andere Kids fielen ein. Als ich ihnen immer noch keine Beachtung schenkte, begannen Simon und Gordon mich in den Rücken zu boxen. Sie wollten mich zu einem Kampf provozieren, aber ich bin nicht blöd. Du kannst es nicht mit fünf Leuten gleichzeitig aufnehmen. Ich entkam ihnen,

indem ich ins Haus ging. Du darfst zwar die Toiletten benutzen, aber wenn eine ganze Clique zusammen hineingeht, werfen die Lehrer sie hinaus.
Ich lungerte in der Garderobe herum, bis es klingelte. Während der alte Wheelwright die Namen aufrief, schaute Martha mich unverwandt an. Ich hatte ein paar Pflaster im Gesicht. Unsere Blicke trafen sich und sie lächelte mir teilnahmsvoll zu.
Gleich nach dem Aufrufen kam ein Junge herein und sagte zu Wheely, dass Killer mich sprechen wollte. Natürlich sagte er nicht ›Killer‹. Wheely nickte. »Ja, in Ordnung. Dann geh, Scott.« Auch er beäugte die Pflaster.
Killer stellte gerade in der Turnhalle Geräte auf. Er musterte mich von oben bis unten.
»Na, junger Mann ... wie geht es dir heute?«
»Gut, Sir, Danke.«
»Prima, Junge.« Er zog ein Notizbuch und einen Bleistift heraus. »Wer war dabei?«
»Ich weiß es nicht, Sir.«
Er sah ruckartig auf. »Du weißt es nicht? Eine Bande deiner Mitschüler benutzt dich als Fußball und du weißt nicht, wie sie heißen?«
»Ich bin neu, Sir. Ich kenne noch nicht alle Namen.«
»Soso. Aber du könntest sie mir zeigen?«
»Ich glaube nicht, Sir.«
»Du glaubst nicht?«
»Nein, Sir.«
»Ich verstehe, zumindest glaube ich das.« Er seufzte. »Du musst dir das nicht gefallen lassen, weißt du.«
»Sir?«
»Das Schikanieren, Junge. Das musst du dir nicht gefallen lassen. Oh, ich weiß, sie drohen mit schrecklichen Sachen, wenn du sie verrätst, aber es sind Kinder, Scott, nicht die Mafia. Wenn wir sie kennen, können wir kurzen Prozess mit ihnen machen, aber wir brauchen Namen. Du wirst ganz bestimmt zu mir kom-

men, wenn du dich ... ähm ... an irgendeinen Namen erinnerst, nicht wahr?«

»Ja, Sir.«

»Ja, Sir.« Er seufzte noch einmal. »Na gut, Scott ... dann lauf.«

Er wandte sich wieder seinen Geräten zu und ich ging in meine Klasse zurück, während ich mich fragte, weshalb ich mich so verhalten hatte. Vor ein paar Tagen war ich wütend auf Martha gewesen, weil sie sich nicht gewehrt und Simon nicht verpetzt hatte, und jetzt tat ich das Gleiche.

Ich schwöre, sie hat mich mit ihren traurigen grauen Augen verhext. Diese Augen verfolgen mich.

16. Martha

Als Scott von Killer zurückkam, brummte Simon: »Du hast uns verpfiffen, Scotty, stimmt's?«, und Scott sagte: »Nein.«
Simon grinste. »Du bist gar nicht so blöd, wie du aussiehst.«
»Werde ich aber machen«, sagte Scott, »wenn ihr Martha nicht in Ruhe lasst.«
»Oooh!«, spöttelte Tracy. »Nimmt die Freundin in Schutz, was? Wenn du neben ihr sitzen müsstest, wie ich, hättest du sie nicht so gern.«
Scott schaute sie an. »Sollen wir die Plätze tauschen?«
Tracy kicherte. »Scotty, beam mich hoch.«
Und dann tauschten sie die Plätze. Es war schön, dass nun jemand neben mir saß, der seinen Stuhl nicht so weit wie möglich wegrückte. Beim Mittagessen war das allerdings immer noch so, weil er eine Mahlzeit bekommt und ich Brote mitbringe und wir in verschiedenen Bereichen des Speisesaals sitzen. Um mich herum sind immer leere Stühle.
Nach der Schule passierte etwas Gutes, später dann aber etwas Schlechtes. Ich lungerte in der Nähe der Garderobe herum und wartete, bis alle fort waren, als Scott auf mich zusteuerte.
»Komm«, sagte er grinsend. »Jetzt bin ich an der Reihe, dich nach Hause zu bringen.«
Ich wusste nicht, was ich sagen sollte. Ich meine, ich war froh, dass ich nicht allein gehen würde, doch ich wagte nicht, mich von ihm nach Hause begleiten zu lassen. Angenommen, Vater schaute aus dem Fenster? Oder Mutter? Angenommen, wir wur-

den von einem Mitglied der Glaubensgemeinschaft gesehen? Er spürte, dass ich zögerte, schob seine Hand unter meinen Ellenbogen und bugsierte mich zur Tür hinaus.
Wir glaubten beide, dass die übliche Clique warten würde, doch als wir hinauskamen, stand Killer am Tor. Er tat nichts, stand einfach nur mit den Händen in den Taschen da, aber der Schulhof war so gut wie leer.
Als Scott den Lehrer sah, ließ er meinen Arm ziemlich schnell wieder los.
»Wiedersehen, Martha«, murmelte Killer, als wir an ihm vorbeigingen. »Wiedersehen, Scott.«
»Wiedersehen, Sir«, antworteten wir.
Er nahm meinen Arm nicht mehr und wir sprachen kein Wort. Ich wollte reden, aber ich wusste nicht, was ich sagen sollte. Ich nehme an, ihm ging es ebenso. Wir sahen uns immer wieder verstohlen an, und wenn unsere Blicke sich trafen, lächelten wir und schauten weg. Seine Wangen wirkten heiß und meine taten das ganz gewiss auch. Als wir am Fuße des Taylor Hill anlangten, blieb ich stehen und sagte: »Weiter kommst du besser nicht mit, Scott.«
»Weshalb nicht? Ich kann dich ebenso gut bis oben begleiten.«
»Nein. Meine Eltern könnten dich sehen.«
Er zuckte mit den Achseln. »Und was wäre dabei? Wir tun doch nichts Schlimmes.«
»Sie wissen, dass du einen anderen Heimweg hast. Sie werden sich fragen, weshalb du einen Umweg machst.«
»Sag ihnen, ich sei dein Bodyguard.« Er ging weiter.
»Nein, Scott, bitte.« Er wandte sich stirnrunzelnd um und ich sagte: »Es ist wegen unserer Glaubensgemeinschaft, weißt du. Den Gerechten. Das macht uns anders. Ich kann es dir nicht erklären.«
Er stieß einen ungeduldigen Laut aus. »Ich dachte, wir wären Freunde, Martha. Ich möchte dich nach Hause bringen. Weshalb ist das so ein Problem?«

Ich schüttelte den Kopf. »Das ist kein Problem, Scott. Nicht für dich. Nicht für die meisten Leute, aber meine Eltern ...«
»Okay.« Er hob die Hände. »Ich habe verstanden. Bin schon weg.« Er schaute mich an. »Ich bin der Neue in der Schule, Martha. Ich wollte dazugehören und keine Schwierigkeiten haben, verstehst du? Jetzt nennen mich alle Rotzheini und ich werde übel zugerichtet, weil ich dich in Schutz genommen habe, und du lässt mich nicht mal in die Nähe deines Gartentors. Findest du das fair?«
»Ich ...«
»Ist auch egal. Dann bis morgen.«
Er ging davon. Ich starrte ihm eine Weile nach, aber er schaute nicht zurück.

17. Scott

Auf dem Nachhauseweg war ich echt deprimiert. Es ist schwer genug, in eine neue Gegend zu ziehen, an einer fremden Schule anzufangen und der unbeliebtesten Schülerin zu helfen, aber wenn sie sich dann umdreht und dir praktisch sagt, dass du verduften sollst, also, das ist gelinde gesagt der Hammer. Und natürlich war ich kaum zur Tür herein, da sagte Ma: »Heute warst du an der Reihe, *sie* nach Hause zu bringen, nehme ich an?« Eltern.

Am nächsten Morgen gab Martha sich große Mühe, aber ich tat ganz cool. Ich setzte mich neben sie und so weiter, aber auf ihre verzweifelten Versuche, ein Gespräch mit mir anzufangen, reagierte ich nur mit einem Brummen. Ich wollte ihr zeigen, dass ich wütend war, und ich glaube, sie hat es kapiert. Andere kapierten es jedenfalls. In der ersten Stunde flüsterte Tracy: »Schon genug von ihr, was, Scotty? Willst du an deinen alten Platz zurück?« Ich schüttelte den Kopf.

Da sie Marthas Jammer spürten, rottete sich in der Vormittagspause eine Bande zusammen, um sie zu jagen. »Komm, mach mit, Scotty«, sagte Linfoot. Ich machte nicht mit, aber ich half ihr auch nicht. Ich lümmelte in einer Ecke herum und tat, als schaute ich einem lahmen Fußballspiel zu, während sie wie eine dreibeinige Giraffe über das Spielfeld galoppierte. *Lumpen-Ann, Lumpen-Ann, wenn wir dich kriegen, bist du dran.* Ich fühlte mich schlecht, aber ein Typ, der gut genug ist, dich zu verteidigen, ist auch gut genug, dich bis zu deinem Gartentor zu begleiten.

Doch ich hielt nicht durch. Ich schaffte es einfach nicht. Mittags sah ich sie am anderen Ende des Speisesaals allein inmitten all dieser leeren Stühle sitzen, während die anderen ihre Brote zusammen mampften und dabei schwatzten und lachten. Was sie wohl auf ihren Broten hat, dachte ich. Rübensirup? Kalten Haferbrei? Spinnen? Nach ihrem Gesichtsausdruck zu urteilen, mussten es Spinnen sein.

Zehn Minuten später entdeckte ich sie wieder. Sie stand auf dem Weg draußen vor dem Lehrerzimmerfenster. Wenn du dort stehst, wirst du meistens in Ruhe gelassen, aber es ist eine fiese Art, deine Pause zu verbringen, denn jeder weiß, weshalb du dort stehst, einschließlich der Lehrer. Ich ging zu ihr.

»Wie geht's?«

Sie zuckte mit den Achseln und malte mit der Spitze ihres Schuhs ein unsichtbares Muster auf die Betonplatte. »Du weißt schon ... wie üblich.«

»A-ha. Was hattest du auf deinen Broten?«

»Wie bitte?«

»Auf deinen Broten. Was ist da gewöhnlich drauf?«

»Oh. Schinkenwurst, Schmelzkäse. Kommt darauf an.«

»Also keine Spinnen?«

»Spinnen?«

»Ja. Es könnte schlimmer sein, verstehst du?« Ich lächelte. »Es könnten ja auch Spinnen sein.«

»Du bist verrückt.«

»Ich weiß. Lehrer machen mich verrückt, wenn sie mich beobachten. Lass uns woanders hingehen.«

Sie folgte mir auf das Spielfeld. Ich sah, dass Linfoot uns bemerkte und losrannte, um Simon Bericht zu erstatten. Martha murmelte: »Scott?«

»Ja?« Wir standen neben den Torpfosten. Gerry Latimer war im Tor.

»Es tut mir leid wegen gestern. Ich wollte es dir erklären, aber weißt du, Vater möchte nicht, dass ich mit anderen Leuten über unsere Angelegenheiten spreche.«

Ich zuckte mit den Achseln. »Schon okay, Martha. Ich bin nicht neugierig. Ich habe mich nur gefragt, weshalb du nicht willst, dass deine Eltern mich sehen. Ich meine, ich habe weder zwei Köpfe noch fresse ich Mädchen. Ich bin wirklich vollkommen harmlos.«

Sie nickte. »Ich weiß. Es ist nur ... na ja, ich habe Angst vor meinem Vater, Scott. Er schlägt mich.«

»Er *schlägt* dich?« Ich starrte sie an. »Das ist gegen das Gesetz, Martha. Das darf niemand mehr tun.«

»Er ist mein Vater.«

»Was nicht bedeutet, dass er dich schlagen darf. Du solltest jemandem davon erzählen, Dummkopf.«

»Wem?«

»Keine Ahnung ... der Polizei vielleicht.«

»Das könnte ich niemals tun. Du kannst doch nicht deinem eigenen Vater die Polizei auf den Hals hetzen, lieber Himmel.«

»Aber sicher doch. Ich würde es tun.«

Sie schüttelte den Kopf. »Nein, würdest du nicht, Scott. Nicht im Ernstfall.«

»Doch. Wenn er mich schlagen würde, garantiert.«

»Also, du würdest es nicht tun, wenn du zu den Gerechten gehören würdest, Scott. Wir haben unsere eigenen Regeln, weißt du.«

»Aber ihr habt keine eigenen Gesetze, Martha. Die Gesetze muss jeder befolgen.«

Sie seufzte. »Ich wusste, dass du es nicht verstehen würdest. Niemand versteht es. Deshalb hat es auch keinen Zweck, es erklären zu wollen. Deshalb verpetze ich Simon Pritchard und die anderen auch nicht bei den Lehrern. Sie würden genau das Gleiche sagen wie du.«

»Aber du kannst ... dir das nicht länger gefallen lassen. Ich werde dir helfen. Wir werden einen Ausweg finden, du wirst sehen.«

»Nein.« Sie lächelte traurig. »Es gibt nur einen Ausweg, Scott, und das ist Marys Weg.«

»Wer zum Teufel ist Mary?«

»Mary ist meine ...« Sie brach ab, weil es klingelte. Wir gingen zur Schule hinüber. »Wenn du wirklich wissen willst, wer Mary ist, werde ich es dir nach der Schule erzählen.«

Ich nickte. »Ich werde am Tor sein.«

Wenn ich nicht am Boden liege und zu Tode getreten werde, dachte ich.

18. Martha

Da Killer wieder am Tor stand, gab es keinen Ärger. Wahrscheinlich denkt er, dass wir zusammengehören, Scott und ich.
Als wir ihn ein Stück hinter uns gelassen hatten, sagte Scott: »Ich glaube, heute bist du an der Reihe, mich nach Hause zu bringen.«
»Ich kann nicht, Scott, das weißt du. Wenn ich wieder zu spät komme, wird mein Vater ...«
»Ich weiß, Martha. War nur ein Witz. Also, wer ist Mary?«
»Meine Schwester. Meine erwachsene Schwester.«
»Du hast gesagt, du seist allein.«
»Na ja, das stimmt. Sie lebt nicht mehr bei uns.«
»Wo lebt sie dann?«
»Ich weiß es nicht. Sie schreibt uns, aber ohne ihre Adresse anzugeben.«
»Um Himmels willen, weshalb?«
»Ich glaube, sie will nicht, dass meine Eltern erfahren, wo sie sich aufhält.«
Scott lachte leise. »Das kann ich ihr nicht verdenken. Haben sie Mary auch geschlagen?«
»O ja. Sie war mutiger als ich. Sie ging aus, traf sich mit Jungen. Aber eigentlich entsinne ich mich kaum. Ich war erst sechs, als Vater sie fortschickte.«
»Und das hast du mit ›Marys Weg‹ gemeint ... fortgehen?«
»Ja.«
»Weshalb tust du es dann nicht?«

»Weil ich erst zwölf bin, Scott. Wohin sollte ich denn gehen? Woher bekäme ich etwas zu essen?«
Scott zuckte mit den Achseln. »Hast du keine Oma oder Tante oder sonst irgendjemanden, der dich aufnehmen würde, wenn du ihm erzählst, was los ist?«
»Nein, Scott, niemanden. Ich meine, ich habe zwei Omas und drei Tanten, aber sie sind alle in unserer Glaubensgemeinschaft. Sie wissen, was los ist, wie du es nennst, und finden es völlig normal.«
»Dann musst du durchhalten, bis du sechzehn bist?«
»Ja.«
»Bin ich froh, dass ich nicht an deiner Stelle bin.« Er schaute mich an. »Kannst du ... lassen sie dich samstags fort?«
»Manchmal. Hängt davon ab, was zu Hause zu tun ist. Meistens schickt Mutter mich samstags zu Asda ... dem Supermarkt.«
»Fahrt ihr nicht mit dem Auto dorthin?«
»Nein. Vater ist Versicherungsvertreter. Er macht samstags seine Runde.«
»Dann musst du alles nach Hause schleppen?«
Ich nickte. »Das ist nicht schlimm, Scott. Wir kaufen nicht ein wie andere Leute. Meistens sind es nur zwei Tragetaschen.«
»Können wir uns treffen?« Er grinste. »Ich könnte eine der Taschen tragen. Zumindest einen Teil des Weges.«
Ich schüttelte den Kopf. »Ich weiß nicht recht, Scott. Ich meine, es wäre toll, aber wenn uns jemand sieht ...«
»Martha.« Er streckte die Arme aus und ergriff meine Hände. Ich fühlte mich wie in einem Film. »Hör zu. Du kannst nicht fortgehen wie deine Schwester, aber du könntest ein paar der Dinge tun, die sie getan hat. Ausgehen. Jungs treffen.« Er lächelte. »Diesen Jungen zumindest. Es ist *dein* Leben.«
Wieder schüttelte ich den Kopf. »Ich hab dir doch gesagt ... Mary war mutig. Ich bin es nicht. Sie würden mich einsperren. Mich hungern lassen. Am besten ist es, wenn ich tue, was sie wollen, bis ich alt genug bin, um fortzugehen.«

»Nein, bestimmt nicht. Egal. Ich werde dir sagen, was ich tun werde. Ich werde am Samstagmorgen bei Asda herumlungern. Falls ich dich treffe, sehen wir weiter. Was hältst du davon?«
Ich schaute ihn an. »Du bist verrückt. Vielleicht musst du stundenlang warten.«
»Wenn es sein muss.«
»Im Ernst, Scott? Ehrlich? Selbst wenn ich dich vielleicht gar nicht beachte?«
»Ich werde dort sein, du wirst schon sehen.«
»Na gut.« Ich lächelte. »Meistens komme ich so um halb neun.«
»Okay. Und morgen werden wir weiterreden.«
»Ja.«
»Bis dann, Martha.«
»Bis dann, Scott.«

19. Scott

Freitagmittag schlenderten wir über das Spielfeld. Freitags sind die Kids immer gut aufgelegt. Niemand belästigte uns. Ich hatte über Marthas Schwester nachgedacht.
»Wie alt ist Mary?«, fragte ich.
»Ein- oder zweiundzwanzig, glaube ich.«
»War sie hier auf der Schule?«
»Ja.«
»Wurde sie genauso gequält wie du?«
»Vermutlich. Aber ich war damals noch sehr klein, und eigentlich weiß ich es nicht.«
»Wie alt war Mary, als sie von zu Hause fortging?«
»Sechzehn.«
»Weshalb haben sie Mary hinausgeschmissen?«
»Weil ... sie war ungehorsam. Vater wurde einfach nicht mit ihr fertig.«
»Oh.«

Killer war in der Garderobe. Er hielt mich an. »Ist dir irgendein Name eingefallen, Scott?«
»Nein, Sir.«
»Noch mal Ärger gehabt?«
»Nicht wirklich, Sir.«
»Gut. Denk weiter nach, Junge.«
»Ja, Sir.«

In der Nachmittagspause sagte ich zu Martha: »Ich glaube, wir sollten nach der Schule getrennt fortgehen. Ich will nicht, dass Killer glaubt, wir gehen miteinander und so etwas.«
»Vielleicht ist er gar nicht da.«
»Vielleicht aber doch. Ich werde zuerst gehen und an der Bushaltestelle auf dich warten.«
»Okay.«

»Mit morgen ist also alles klar?«, fragte ich, als sie auftauchte. Killer hatte am Tor gestanden und ich war froh, dass wir nicht wie ein Pärchen an ihm vorbeigelaufen waren. Das Häuschen an der Haltestelle war voll mit tobenden Kindern, deren Wochenende gerade begonnen hatte. Wir gingen ein Stück.
Martha schnitt ein Gesicht. »Vielleicht schickt Mutter mich gar nicht, Scott. Macht sie nicht immer.«
»Na gut, aber wenn doch?«
»Dann sehen wir uns. Aber ich habe keine Ahnung, was wir tun wollen.«
»Hab ich dir doch gesagt. Ich werde dich ein Stück nach Hause begleiten und eine Einkaufstasche tragen.«
»Ich finde, nur dafür machst du dir eine Menge Mühe.«
»Ist keine Mühe. Ich mag dich. Ich möchte dich sehen.«
»Freut mich. Ich sollte jetzt besser gehen.«
Ich schaute sie an. »Was tust du eigentlich abends? Ich meine, gehst du niemals weg?«
Sie schüttelte den Kopf. »Meine Eltern arbeiten beide. Vater dreht seine Runde und Mutter macht die Abendschicht in der Stofftierfabrik.«
»Dann bist du allein zu Hause?«
»Ja.«
»Weshalb kannst du dann nicht fortgehen? Habt ihr in eurem Haus einen Haufen Schätze oder was?«
»Es gibt Dinge, die ich erledigen muss.«
»Bei mir auch, Martha, aber die ganze Zeit?«

Sie nickte. »Die ganze Zeit. Ich muss jetzt gehen.«
»Ich könnte dich anrufen. Oder du mich. Das wäre okay, oder?«
»Nein Scott. Ich darf das Telefon nicht benutzen, und davon abgesehen hat es ein Schloss.«
»Das verhindert aber keine ankommenden Anrufe.«
»Trotzdem darfst du nicht anrufen. Meine Eltern würden es herausbekommen.«
»Das ist nicht fair.«
Sie seufzte. »Nein, ist es nicht, aber so ist es nun mal. Bis dann.«

So ist es nun mal. Ich wünschte sehnlichst, dass ich etwas ändern könnte. Wegen ihr, meine ich.
Während ich nach Hause trödelte, träumte ich mit offenen Augen. Sie war eine Gefangene in einer düsteren Burg. Rapunzel vielleicht. Ich ein gut aussehender Ritter. Natürlich auf einem weißen Pferd. Es war dunkel und stürmisch und es blitzte und donnerte. Schwarze, knorrige Bäume peitschten mit ihren kahlen Zweigen gegen den Himmel. Ich ritt auf die Burg zu. Die Zugbrücke war hochgezogen, das Fallgitter heruntergelassen. Durch Fensterschlitze schimmerte Licht. Die Gerechten lauerten mit Bögen und kochendem Pech auf den Zinnen, aber ich kämpfte mir den Weg in die Burg frei, warf Martha über meinen Sattel und galoppierte in einem Gewitter aus Pfeilen davon. Heutzutage passiert so etwas in Scratchley nicht allzu häufig.

20. Martha

Es war ein wunderschöner Morgen. Die Sonne schien. Vögel sangen. Ich liebe den April. Ich summte eine von Satans neuesten Melodien, als ich den Taylor Hill hinunterging, rechts in den Rickelrath Way bog und auf Asda zusteuerte, während ich meine Plastiktüte schwang. Rickelrath ist Scratchleys Partnerstadt in Deutschland.

Gedanken quälten mich und auch mein Summen konnte sie nicht völlig übertönen. *Wird er dort sein?*, mäkelten sie. *Wird er dort sein? Wird er dort sein?* »Keine Ahnung, verdammt«, sagte ich laut. »Ihr werdet euch schon gedulden müssen.« Ich versuchte mir einzureden, dass es keine Rolle spielte, ob er dort war oder nicht, aber du kannst dich nicht selbst belügen.

Egal. Er war dort. Ich sah ihn gleich an der Einfahrt des Parkplatzes am Parkwächterhäuschen lehnen. Er entdeckte mich im gleichen Augenblick und streckte sich grinsend. »Sie haben dich also von der Leine gelassen?«

»Ja.«

»Ich nehme an, sie putzen deinen Käfig.«

»Käfig?« Mein Herz machte einen Satz. »Wie meinst du das?«

»He!« Er tätschelte meinen Arm. »Das war ein *Witz*, Martha. Entspann dich ... es ist Frühling.«

»O ja, tut mir leid. Schön, dass du gekommen bist.«

Er nickte. »Schön, dass *du* gekommen bist. Lass uns reingehen, bevor der Massenansturm beginnt.«

Wir holten einen Einkaufswagen und gingen durch die Gänge.

Er schob den Wagen, während ich die Sachen auf meiner Einkaufsliste ausstrich. Ich hatte keine Ahnung gehabt, dass Einkaufen so viel Spaß machen kann. Scott kurvte mit dem Wagen umher und tat, als wollte er die anderen Kunden rammen, während er das Geräusch kreischender Bremsen nachahmte, sodass die Leute sich nach uns umschauten. Als ich an dem Gang mit den Süßigkeiten und Keksen vorbeigehen wollte, schrie er: »Jetzt kommt das Beste!«, packte meinen Arm und schob mich mitsamt dem Einkaufswagen hinein. »Von diesem Zeug kann ich nichts kaufen«, protestierte ich. »Es steht nicht auf Mutters Liste.«

»Zum Teufel mit Mutters Liste.« Er riss Mars und Rolos aus den Regalen und warf sie in den Wagen. Ich schüttelte den Kopf. »Ich habe kein Geld für Süßigkeiten, Scott.«

»Aber ich. Ich habe mehr Kohle als Camelot, also komm.«

Von kreischenden Geräuschen begleitet schwenkte er den Wagen in den nächsten Gang, schmiss zwei Dosen Cola hinein und ging rasch weiter. Ich folgte ihm, während ich versuchte Schritt zu halten und gleichzeitig die Liste zu lesen. Mutter würde toben, wenn ich etwas vergaß. Scott befand sich fünfzehn Meter vor mir und griff nach Tüten mit Chips. Ich war entsetzt und glücklich zugleich. Ich begann zu kichern. Er wartete auf mich und wir stürmten gemeinsam weiter. Ich lachte so sehr, dass ich vor Tränen kaum etwas sah. Mein dummer Verstand beschwerte sich ununterbrochen, dass uns irgendwer von der Glaubensgemeinschaft sehen könnte, aber ich hörte nicht hin. Ich glaube, ich hatte noch niemals so viel Spaß. An der Kasse schob er mir eine Zehnpfundnote in die Hand. Ich schnappte nach Luft. »Wo hast du die her, Scott?«

»Selbst gemacht.« Er grinste. »Ich bin ein Fälscher.«

»Du bist ein Verrückter.«

»Das auch.«

Draußen sagte er: »Du musst doch nicht gleich nach Hause gehen, oder?«

Ich hatte mich etwas beruhigt. Wischte mir die Augen. Ich schaute ihn an. »Normalerweise schon.«
»Gut, aber normalerweise müssen auch keine Colas und Chips und Schokoriegel versorgt werden.«
»Was meinst du mit *versorgen?«*
»Verdrücken, natürlich. Ich habe sie nicht zum Anschauen gekauft.«
»Das können wir doch nicht alles essen.«
»Wetten, dass? Nach Hause kannst du es ja nicht mitnehmen, oder?«
»Nein, aber du.« Doch das wollte ich gar nicht. Ich wollte mich einmal richtig vollschlagen, nur ein einziges Mal. Mutter sagt, dass Heiden, die sich nicht beherrschen können, sich vollschlagen.
Scott schüttelte den Kopf. »Ich hab einen langen Weg hinter mir, Martha. Gewartet. Einen Haufen Geld für das Zeug rausgeschmissen. Du kannst jetzt nicht einfach verschwinden.« Er lächelte. »Ich kenne einen Platz, wo wir uns hinsetzen und die Sachen verdrücken können. Sag, dass du mitkommst.«
Ich starrte ihn an. »Weißt du, was du bist?«
»Ja, ein Verrückter. Das sagtest du bereits.«
»Du bist ein Heide.«
Er verdrehte die Augen. »Ein verrückter heidnischer Fälscher. Vielleicht machst du dich besser aus dem Staub, ehe ich einen meiner komischen Anfälle kriege.«
Ich schüttelte den Kopf. »Ich glaube, das riskiere ich, Scott. Nur dieses eine Mal.«

21. Scott

Ich ging mit ihr in das Café im Park. Mir war klar, dass vielleicht Kinder aus der Schule dort sein würden, doch es kümmerte mich nicht. Na ja, zufällig saß da nur irgendein alter Kerl mit einer Pferdesportzeitung und einem Becher Tee. Er hatte seinen Hund an ein Tischbein gebunden.

»Ist er ein Gerechter?«, witzelte ich.

Sie hatte Angst, von jemandem gesehen zu werden, der ihre Eltern kannte. Sie kicherte. »Na klar. An ihren Hunden und den schmutzigen Regenmänteln kannst du sie immer erkennen.«

Sie gab sich Mühe. Echte Mühe.

Ich holte uns Cola. Wir hatten selber welche, aber du kannst dich nicht irgendwo hinsetzen und nichts bestellen. Wir packten unser Zeug aus und machten uns über die Chips her. »Was wirst du deiner Mutter erzählen?«, fragte ich.

»Oh, ich werde sagen, dass es bei Asda knallvoll war oder dass eine Kasse nicht funktionierte oder irgend so etwas. Ich komme immer zu unterschiedlichen Zeiten zurück.«

»Super. Wenn du willst, können wir uns jeden Samstag treffen.«

Sie schüttelte den Kopf. »Ich hab dir doch gesagt ... ich bin nicht immer dort. Manchmal geht Vater freitagnachmittags einkaufen, manchmal geht Mutter selbst.«

»Tja, vielleicht könnten wir uns dann zu einer anderen Tageszeit treffen? Abends vielleicht?«

»Meine Eltern arbeiten, weißt du nicht mehr? Ich kann nicht fort.«

»Ich könnte dich besuchen.«
»Nein.« Sie starrte mich an. »Das darfst du auf keinen Fall, Scott. Versprich es mir.«
Ich lachte leise. »Okay, ich verspreche es, aber vergiss nicht, dass ich ein Heide bin, und das Versprechen eines Heiden ist nicht viel wert.«
»Mach dich nicht lustig. Ich meine es wirklich ernst. Komm nicht zu mir. Niemals.«
Ich seufzte. »Okay, okay. Nimm noch ein paar Chips.« Ich schob ihr die Tüte hinüber. »Und entspann dich, Martha ... wir wollten Spaß haben, erinnerst du dich?«
Als wir die Rolos mampften, kreuzte Gerry Latimer auf. Er suchte jemanden und bestimmt nicht uns, aber er kam trotzdem zu uns herüber. »Tag ... irgendwer da ... Paul, Simon?«
Ich schüttelte den Kopf. »Nein, nur wir.«
Er betrachtete das Zeug auf dem Tisch. »Hat jemand Geburtstag?«
»Nein. Nimm dir ein Rolo, falls du nicht glaubst, dass es vergiftet ist.«
Er kämpfte anderthalb Sekunden lang mit seinem Gewissen, ehe er sich ein Rolo schnappte. »Was treibt ihr beiden eigentlich hier?«
»Wir haben gerade geheiratet. Bei Asda. Zwei Pfund, und sie geben dir dieses ganze Zeug dazu.«
»Tatsächlich?« Er sperrte den Mund auf. Nicht der hellste Typ der Welt, der gute Gerry.
»Klar doch. Du könntest Tracy Stamper hinschleppen, aber du musst dich beeilen ... das Angebot gilt nur zwei Wochen.«
Er schluckte alles. Ich nehme an, er wäre vielleicht wirklich darauf reingefallen, wenn Martha nicht losgeprustet hätte. Er schaute von ihr zu mir und von mir zu ihr, und auf seiner blöden, fetten Visage breitete sich langsam ein Grinsen aus. »Du verscheißerst mich, stimmt's?«
Ich nickte und stand auf.

»Martha und ich müssen jetzt gehen, Gerry. Warum setzt du dich nicht und verdrückst dieses Zeug?«
Er glotzte mich an. »Alles? Im Ernst, Scott?«
»Klar. Komm, Martha.«
Ich nahm die Einkaufstüten und wir schlenderten zurück über die Fußgängerbrücke und hinaus auf den Rickelrath Way. Martha blies ihre Backen auf und pustete die Luft aus. »Ich bin randvoll, Scott«, sagte sie. »Ich habe in meinem ganzen Leben noch nie so viele Süßigkeiten gegessen.«
Ich grinste. »Tut dir gut. Daran kannst du morgen in der Kirche denken.«
Sie kicherte. »Wenn die Gerechten das wüssten, bekämen sie alle gleichzeitig einen Anfall.«
Auf halber Höhe des Taylor Hill legte sie die Hand auf meinen Arm. »Weiter kommst du besser nicht mit. Irgendwer könnte uns sehen.« Sie nahm die Einkaufstaschen. »Dieser Vormittag hat mir wirklich gefallen, Scott. Danke, dass du gekommen bist.«
»Ich hatte auch meinen Spaß, Martha. Dann bis Montag.«
»Wenn es nur schon so weit wäre«, murmelte sie, während sie weiterging, und das war das Schönste. Du hörst nicht viele Kids sagen, wenn es nur schon Montag wäre.

22. Martha

Bis nach dem Gottesdienst am Sonntagmorgen war ich nervös. Wenn mich am Vortag jemand mit Scott gesehen hatte, würde Vater es in der Kirche erfahren. Als weder auf dem Nachhauseweg noch beim Eintopf ein Wort fiel, wusste ich, dass ich mich entspannen konnte. Obwohl es der gleiche trostlose Sabbat wie immer war, kam er mir wegen Scott vollkommen anders vor. Endlich mochte mich jemand tatsächlich so sehr, dass er echte Mühen auf sich nahm, um mit mir zusammen zu sein. Es war ein so schönes Gefühl, dass ich irgendjemandem davon erzählen wollte. Mehr denn je wünschte ich mir, Marys Adresse zu haben. Sie erwähnt so oft ihre Freundin, und ich hätte ihr so gern von meinem Freund erzählt. Trotzdem, nur weil ich die Sache geheim halten musste, war sie nicht weniger wirklich.

Auch den Montag empfand ich anders. Sie ist schon erstaunlich, die Macht der Freundschaft. Die Kinder verspotteten und schubsten mich herum wie immer, aber irgendwie machte es mir nichts aus. Mittags sangen sie ihr Lied auch auf Scott, weil er Brote mitgebracht hatte und sich zu mir setzte, statt eine richtige Mahlzeit zu essen. »Jetzt näht dir deine Mutter sicher auch so eine Pseudo-Schuluniform, damit du zu dieser Stadtstreicherin passt, mit der du dich herumtreibst, was, Scotty?«, spottete Simon. Wir schenkten ihnen keine Beachtung und sie trauten sich nicht, uns wirklich etwas zu tun, weil Killer nach Unruhestiftern Ausschau hielt und jeder Bescheid wusste.

An diesem Abend verließ ich das Haus. Es war ein Experiment.

Ich hatte kein Ziel. Ich lief einfach umher, um herauszufinden, was geschehen würde, und es geschah nichts. Ich war anderthalb Stunden fort, und als ich zurückkam, war alles noch wie zuvor. Ich dachte: *Wenn ich anderthalb Stunden fortgehen kann, weshalb nicht auch zwei oder zweieinhalb?* Ich dachte an Scott. Daran, ihn zu treffen. Ihn vielleicht zu besuchen. Natürlich nicht an diesem Abend, aber an einem anderen.
Was konnte passieren? Angenommen, Vater rief aus irgendeinem Grund an und niemand ging ans Telefon? Meines Wissens hatte er noch nie angerufen, doch einmal ist immer das erste Mal. Na ja – ich konnte sagen, ich sei in meinem Zimmer gewesen. In meinem Zimmer hörst du das Telefon nicht. Und die gleiche Ausrede taugte, falls irgendwer an die Tür klopfte und niemand öffnete. Aber angenommen, es klopfte tatsächlich jemand und Gräuel machte Radau? Dagegen konnte ich nichts tun, außer vor dem Fortgehen nachzuschauen, ob der Kerl schlief, und zu hoffen, dass der Besucher ihn für einen jungen Hund oder so etwas hielt, falls er ihn hörte.
Okay. Angenommen, Mutter wurde während der Arbeit krank und nach Hause geschickt? Das kann passieren, auch wenn es Mutter noch nie passiert war. Es wäre zweifellos mein Ende gewesen, doch wie groß war die Wahrscheinlichkeit?
Angenommen, einer der Nachbarn sah mich fortgehen und erwähnte es später? Nicht sehr wahrscheinlich. Von den Nachbarn spricht niemand mit uns, denn meine Eltern geben sich alle Mühe, gutnachbarliche Beziehungen zu verhindern.
Angenommen, im Haus brach ein Feuer aus? Na ja, wenn jeder vor dem Fortgehen *darüber* nachdenken würde, ginge niemand mehr aus dem Haus, oder? Dieses Risiko gehen Leute ständig ein, sie haben gar keine Wahl. Weshalb also nicht auch ich?
Denk nicht, dass ich keine Angst hatte. Als Mutter nach Hause kam, glaubte ich fest, dass sie alles herausgefunden hatte, aber weder sie schien es zu wissen noch Vater, der eine halbe Stunde später zurückkehrte. Allein in meinem Zimmer umarmte ich

mich selbst und kicherte vor mich hin. Als ich klein war, pflegte mein Vater zu sagen, wenn ich etwas Schlimmes angestellt hätte, würde er es wissen, selbst wenn er nicht dabei gewesen sei, und ich glaubte ihm. Tatsächlich war es erstaunlich, was er alles herausfand, aber heute ist mir natürlich klar, dass es mehr mit den tausend Augen der Gerechten zu tun hatte als mit *seinem* allgegenwärtigen Auge oder selbst dem Gottes. *Sie sind nur Menschen*, sagte ich mir. *Sie wissen nicht alles*.

Als ich an diesem Abend im Bett lag, fragte ich mich, weshalb ich mein Experiment nicht schon viel früher versucht hatte. Worauf hatte ich gewartet? Tief in meinem Innern kannte ich die Antwort natürlich. Das eine Wort.

Scott.

23. Martha

Am Dienstagmorgen kam eine Karte von Mary. Als die Post eintraf, war ich im Keller, doch als ich zum Frühstück hinaufkam, lag sie neben Vaters Teller, entzweigerissen. Ich tat, als würde ich sie nicht bemerken, und nach dem Frühstück nahm Mutter die Karte und warf sie mit den Speiseresten in den Mülleimer.

Morgens kann ich die Karten nie in Sicherheit bringen, weil ich vor meinen Eltern aus dem Haus gehe. Deshalb warte ich bis zum Abend, wenn ich allein bin. Mittlerweile klebt vielleicht Haferbrei oder Fischhaut oder Soße darauf. Es ist nicht sehr angenehm, sie herauszufischen, aber nicht annähernd so ekelhaft, wie hinter Gräuel herzuputzen.

Die Karte kam aus Wolverhampton. Sie zeigte das Foto einer Kirche – St. Wulfruna – und war an mich adressiert. Sie lautete:

Liebste Marfa,

es scheint eine Ewigkeit her zu sein, seit ich das letzte Mal geschrieben habe. Nein – ich bin nicht wieder umgezogen, meine Kleine. Wolverhampton liegt in der Nähe von Birmingham, und Annette und ich kommen samstags manchmal hierher, um ein wenig Abwechslung zu haben. Kann ich dich eigentlich noch meine Kleine nennen? Du musst mittlerweile ein ziemlich großes Mädchen sein. Ich frage mich oft, wie es

dir und einer gewissen anderen Person wohl geht, auch wenn ich es nie erfahren werde. Bist du glücklich, Marfa? Es ist nicht leicht, glücklich zu sein.
Alles Liebe
Mary

Es ist nicht leicht, glücklich zu sein. Heißt das, Mary ist unglücklich? Ich wüsste nicht, weshalb. Sie ist frei und sie hat Annette. So wie ich Scott habe. Wäre diese Karte letzte Woche gekommen, hätte ich gesagt: *Nein, Mary, ich bin nicht glücklich,* aber jetzt ist die Antwort: *Ja, ja, ja.* Ich liege auf meinem Bett und sende meiner Schwester diese frohe Antwort. Sie muss meine Funksprüche empfangen, weshalb sonst wäre genau in dem Moment eine Karte gekommen, in dem ich ihr so gern von Scott erzählt hätte? Ich konzentriere mich und funke ihr immer und immer wieder: *Ich habe einen Freund, ich habe einen Freund.* Ich gehe nicht aus dem Haus. Nachdem ich meine Nachricht gefunkt habe, säubere ich Marys Karte, klebe sie mit Tesafilm wieder zusammen und lege sie zu den anderen unter die Dielenbretter. Jetzt habe ich zweiunddreißig Stück. Es ist ein wenig traurig, dass sie vielleicht immer noch Karten schickt, wenn ich fortgegangen bin, nicht wahr?

24. Scott

»Ma?«
»Ja, Schatz?«
»Erinnerst du dich an dieses Mädchen aus der Schule, Martha?«
»J..ja.« Sie sagt das so, als würde ich ihr gleich erzählen, dass wir heiraten werden. Es ist Dienstagabend. Pa ist fort. Ich hatte Panik davor, mit Ma über Martha zu sprechen, aber es gibt Dinge, die ich wissen muss, und ich kann nicht länger warten.
»Ihr Vater schlägt sie.«
Ma schaut von ihrer Fernsehzeitung auf. »Er schlägt sie? Woher weißt du das, Scott?«
»Sie hat es mir erzählt. Außerdem darf sie abends nicht fortgehen und traut sich nicht, irgendwen nach Hause mitzubringen.«
»Hmm.« Ma schneidet ein Gesicht. »Ich muss sagen, sie schaute mir ein wenig so aus, als ich sie letzte Woche durch das Fenster sah.«
»Wie schaute sie aus?«
»Oh, ich weiß nicht recht. Bedrückt, vielleicht. Dünn und blass, und dann diese Kleider ...«
Ich nickte. »Die Kinder in der Schule hänseln sie, Ma, wegen ihrer Kleider. Sie gehört so einer Glaubensgemeinschaft an ... den Gerechten. Es geht ihr beschissen.« Ich schaute Ma an. »Es ist doch verboten, jemanden zu schlagen, oder?«
Ma nickte. »Ja, Scott, ich glaube schon.«

»Können wir nicht etwas tun, Ma? Irgendjemandem davon erzählen? Sie tut mir echt leid.«

Ma nickte wieder. »Das kann ich mir denken, Schatz, aber die Sache ist nicht so einfach ... ich meine, du kannst dich nicht in das Leben anderer Leute einmischen, nur weil sie anders sind als du.« Sie seufzte. »Weißt du, Scott, Martha übertreibt vielleicht ein wenig. Spielt sich auf. Mädchen tun das manchmal. Wenn ihre Eltern einer streng religiösen Sekte angehören, dann wird ihr Leben einfach anders sein als das der meisten Kinder, und möglicherweise ist sie unglücklich darüber, aber die Sache mit den Schlägen muss nicht stimmen. Vielleicht erzählt sie die Geschichte nur, um Mitleid zu erregen.«

»Nein.« Ich schüttelte den Kopf. »Nein, ganz bestimmt nicht, Ma. Da bin ich sicher. Ich habe ihre Eltern gesehen ... wir sind in der Wentworth Road an ihnen vorbeigefahren. Sie sind total seltsam. Vor ein paar Jahren haben sie Marthas Schwester praktisch grundlos aus dem Haus geschmissen. Gibt es denn *nichts*, was Pa und du tun könnten?«

Ma schaute mich an. »Die Kratzer, mit denen du neulich nach Hause gekommen bist. Es war gar kein Spiel, nicht wahr? Du hast sie dir eingehandelt, weil du Martha in Schutz genommen hast, stimmt's?«

Ich nickte, starrte auf den Teppich, spürte, wie ich rot wurde. Woher *wissen* Eltern so etwas bloß? »Ja.«

Sie seufzte. »Nun, das war sehr tapfer von dir, Scott, und ich bin froh, dass du zu dem armen Mädchen gehalten hast, aber ich weiß wirklich nicht, was dein Vater und ich da tun könnten. Ich meine – vielleicht wäre es hilfreich, wenn wir sie einmal treffen könnten. Wenn du sie mitbringen würdest, damit wir mit ihr reden und ein wenig mehr über sie erfahren könnten.«

Ich schüttelte den Kopf. »Ausgeschlossen, Ma. Ich hab dir doch gesagt ... sie darf nicht aus dem Haus. Und außerdem würde sie nichts sagen. Sie hat Angst. Ihr Vater will nicht, dass sie mit anderen Leuten spricht.«

»Wie traurig. Tja.« Sie zuckte mit den Achseln. »Du musst weiterhin nett zu ihr sein, Scott, und hoffen, dass die Sache sich von selber regelt.« Sie lächelte. »Gewöhnlich geschieht das letzten Endes, weißt du.«

Danke, Ma. Tausend Dank.

25. Martha

Da nun Mr Kilroy nach Schülern Ausschau hielt, die andere schikanierten, quälten die Kinder mich seltener, aber es gab einen Ort, an dem er nicht aufpassen konnte, und dort erwischten sie mich.

Die Mädchentoilette. Mittwochnachmittag. Ich saß in einer der Kabinen und wartete, damit Scott ohne mich an Killer vorbeikam, als ich Geflüster und dann das Geräusch eines laufenden Wasserhahns hörte. Irgendwer zählte leise: *Eins, zwei, drei, los!* und dann flog gleichzeitig ein Schwall Wasser über die Tür und unter ihr hindurch. Ich konnte nicht ausweichen. Ein Teil klatschte auf meinen Schoß, der andere durchnässte meine Socken und Schuhe. Ich schnappte nach Luft, worauf schallendes Gelächter ertönte, und irgendwer begann an die Tür zu hämmern, während mehrere Stimmen sangen: *Lumpen-Ann, das kleine Schwein, macht sich auf dem Klo in die Hose rein!* Ich sprang auf und versuchte das Wasser von meinem Rock zu schütteln, aber es war zwecklos. Ich war klatschnass. »Komm raus, Ma«, schrie Tracy Stamper, »sonst bekommst du noch eine Dusche.«

Ich hatte keine Wahl. Ich schob den Riegel zurück und trat hinaus und sie lachten höhnisch und zeigten auf mich und schubsten mich herum. Es waren vier. Die Stamper natürlich und Thelma Rigsby, Gemma Horton und Felicity Wardle. *Lumpen-Ann, das kleine Schwein, macht sich auf dem Klo in die Hose rein!* Ein paar Nachzüglerinnen waren stehen geblieben, schauten mich an, stießen sich in die Rippen und grinsten blöd. Sie waren nicht dabei gewesen, als ich die Dusche bekommen hatte. Sie glaubten, dass die Stamper und die anderen die Wahrheit sagten. »Habe ich nicht!«, schrie ich. »Sie waren es. Sie haben es getan.« Ich heulte beinahe, aber falls irgendwer mir glaubte, ließ er es sich nicht anmerken. Sie buhten mich aus und lachten sich tot, dann wandten sie sich um und verschwanden hinaus in den Hof. Kurz darauf waren nur noch die Quälgeister da.

»Okay, Ma.« Die Stamper packte den Kragen meiner Bluse und schmetterte mich gegen die Wand. »Sprich mir nach. Ich bin eine dreckige kleine Hure.«

Ich schüttelte den Kopf. »Nein.«

Sie packte fester zu, bis ich beinahe erstickte.

»Sag es.«

»Nein.«

Sie wandte den Kopf. »Fliss ... mehr Wasser.« Felicity füllte einen Pappbecher und trug ihn grinsend zu mir herüber. Ich wehrte mich, aber ich konnte mich nicht befreien. Felicity schob den Becher in Stampers freie Hand und Tracy streckte sich und schüttete ihn mir über den Kopf. Das Wasser rann durch mein Haar, über mein Gesicht und in meine Bluse. Die Stamper ließ meinen Kragen los, trat zurück und rammte mir mit aller Kraft die Faust in den Magen. Es war ein Gefühl, wie von einem Lastwagen angefahren zu werden. Um mich herum wurde alles düster. Ich krümmte mich und stürzte zu Boden, wo ich wie ein Komma keuchend und stöhnend liegen blieb. »Kommt«, knurrte die Stamper und sie gingen davon, und ich musste zusehen, wie ich zurechtkam.

Als ich mich endlich aufgerappelt hatte, musste ich mich in eines der Waschbecken übergeben. Ich wusch es aus und schleppte mich nach draußen. Der Schulhof lag verlassen da, doch Scott wartete an der Bushaltestelle. Er starrte mich an.

»Zum Teufel, was ist passiert, Martha? Du bist ja völlig durchnässt. Wer ...?«

»Ist doch egal.« Mein Magen schmerzte noch immer höllisch. »Ich muss gehen. Hör zu.«

»Was denn?«

»Wir treffen uns heute Abend, sieben Uhr.«

»Wo? Ich dachte ...«

»Am Ende des Dinsdale Rise. Kannst du es einrichten?«

»Klar, aber du siehst furchtbar aus. Ich glaube, ich sollte dich nach Hause bringen.«

»Nein.« Ich schob ihn fort. »Ich bin okay. Dann bis sieben.«

Ich weiß nicht, weshalb ich das tat. Mich mit ihm verabreden, meine ich. Musste ein Anfall von geistiger Umnachtung gewesen sein. Oder eine Nachricht von Mary, die der Wind mir gebracht hatte. Sei mutig. Sei mutig. Sei mutig. Egal. Ich hatte es getan, und damit basta. Ich weiß, es klingt wie eine Lüge, aber ich fühlte mich sofort besser. Mein Magen schmerzte nicht mehr, und als ich oben auf dem Taylor Hill angelangt war, waren meine Kleider beinahe trocken. Ich konnte es kaum erwarten, bis das Abendessen vorbei war und meine Eltern fortgingen. Gräuel schien friedlich aufgelegt zu sein. Ich betete, dass es so bleiben würde.

26. Scott

Ich war zehn vor dort. Meiner Erzeugerfraktion hatte ich gesagt, dass ich mich mit jemandem treffen würde, aber nicht, mit wem. Der April war halb vorbei und es war ziemlich lange hell. Sie machten sich keine Sorgen.

Sie kam fünf Minuten zu früh und hatte das gleiche unförmige graue Kleid an, das sie bei Asda getragen hatte. »Hallo.« Sie lächelte. »Was möchtest du unternehmen?«

Darüber hatte ich mir eigentlich keine Gedanken gemacht. Unsere Verabredung war ihre Idee gewesen und ich war davon ausgegangen, dass sie irgendetwas vorhatte. »Wir können doch einfach spazieren gehen«, schlug ich vor, »und reden.«

»Worüber?«

»Na ja ... du könntest mir erst mal erzählen, was nach der Schule passiert ist.«

»Oh.« Sie schnitt ein Gesicht. »Die Stamper und ihre Tussis haben mich im Klo mit Wasser übergossen und mir in den Magen geboxt. Ich musste mich übergeben, aber jetzt bin ich wieder okay.«

»Diese Stamper ist total degeneriert«, sagte ich. Mir fiel nichts Besseres ein. Ich bog in die Old Grange Lane, ein langes, schmales Sträßchen mit Bäumen, deren Kronen sich berühren, sodass man wie durch einen schwach beleuchteten grünen Tunnel geht. Nach Einbruch der Dunkelheit parken dort oft Liebespärchen, doch jetzt waren wir ganz allein.

»Diese Straße kenne ich gar nicht«, sagte sie. »Sie ist schön.«

Ich nickte. »Ja. Hab sie einen Tag, nachdem wir hergezogen sind, entdeckt. Damals hatten die Bäume keine Blätter.«
»Oh.«
»Du ... konntest von zu Hause fort?«
»Wie? Ach, ja.«
»Aber du hast doch gesagt, es ginge nicht. Nie.«
»Ich weiß, und es stimmt auch. Wenn Vater dahinter kommt, kriege ich tierischen Ärger, aber ich versuche mutig zu sein, so wie Mary.« Sie lächelte. »Mary hat mir eine Nachricht geschickt, weißt du. ›Sei mutig.‹«
»Haben deine Eltern sie nicht gesehen?«
Sie lachte leise. »So eine Nachricht war es nicht, Scott. Sie kam durch die Luft, von Mary an mich.«
»Verstehe.«
»Nein, ehrlich. Ich funke ihr, seit ich sechs bin. Jetzt funkt sie zurück.«
Ich schüttelte den Kopf. »Du bist übergeschnappt, Martha, weißt du das?«
Sie zuckte mit den Achseln und lächelte verträumt. »Vielleicht, vielleicht auch nicht. Egal. Ich habe beschlossen, mehr wie meine Schwester zu werden, und sei's nur drum, um Vater eins auszuwischen.« Sie lachte. »Er nennt sie ›Isebel‹.«
»Weshalb?«
»Nach Isebel aus der Bibel natürlich.«
»Wieso ... was hat *sie* denn getan?«
Martha warf mir einen Blick zu. »Sie war unzüchtig, Scott. Kennst du die Geschichte etwa nicht?«
»Nein. Nie gehört.« Ich grinste. »Aber ich weiß, was unzüchtig bedeutet. Solche Leute kommen nachts zu Millionen hierher, in Autos.«
»Woher weißt du das?«
»Hab sie gesehen. Die Einheimischen nennen die Old Grange Lane auch Straße der Liebenden. In einer Stunde rollen sie an.«
»Dann gehen wir lieber.«

Ich nickte. »Wollen wir nicht zu mir gehen, Martha? Wir könnten eine Cola trinken und du lernst meine Eltern kennen.«
Sie schüttelte den Kopf. »Ich traue mich nicht. Sie glauben bestimmt, dass ich deine Freundin bin oder so.«
»Blödsinn. Und wenn schon? Mir ist das egal.«
»Mir nicht. Ich würde sterben.«
»Quatsch. Ma wird dir gefallen, sie ist echt nett. Und Pa ist nicht zu Hause, glaube ich.« Ich lächelte. »Damit wollte ich nicht sagen, dass Pa nicht nett ist. Also was ist, Martha, hm? Sag Ja.« Ich wollte sie unbedingt herumkriegen, damit Ma ihr helfen konnte.
Wir waren stehen geblieben. Sie starrte über eine Wiese, auf der Kühe weideten. Ich wartete. Sie kaute auf ihrer Unterlippe. Nach einer Weile nickte sie. »Na gut«, murmelte sie. »Ich komme mit, aber ich kann nicht lange bleiben. Ich möchte um acht zu Hause sein und der Weg ist ziemlich weit.«
»Super!« Wir wandten uns um und gingen denselben Weg zurück, den wir gekommen waren. In erster Linie war ich froh, aber ich wusste, dass meine Eltern mich später gnadenlos aufziehen würden, weil ich ein Mädchen nach Hause gebracht hatte. Ich versuchte, nicht daran zu denken.

27. Martha

»Ma, das ist Martha.«
»Oh ... guten Abend, Martha. Du sitzt in der Schule am gleichen Tisch wie Scott, nicht wahr?«
»Guten Abend, Mrs Coxon. Ja, das stimmt. Er leiht mir manchmal sein Lineal.« Was für ein Blödsinn, aber ich war schrecklich nervös.
Mrs Coxon lachte leise. »Dann hat euch das Lineal zusammengebracht, hm?«
»Oh, wir sind nicht zusammen, Mrs Coxon. Nicht, wie ...« Ich spürte, dass meine Wangen brannten. Gott weiß, was ich gesagt hätte, wenn Scott mir nicht ins Wort gefallen wäre.
»Wo ist Pa?«, fragte er.
Mrs Coxon runzelte die Stirn. »Martha und ich unterhalten uns, Scott. Dein Vater ist hinübergegangen, um Brians neuen Computer anzuschauen.«
»Tut mir leid, Ma.«
Aber er hatte mir aus der Klemme geholfen. Mrs Coxon nahm meine Jacke und bot mir einen Platz an. Scott setzte sich neben mich an den Küchentisch, doch nicht zu nahe. Seine Mutter hängte meine Jacke im Flur auf, dann holte sie Cola und einen Teller KitKats aus dem Kühlschrank. Während wir zwei an unserer Cola nippten und KitKats knabberten, eilte sie in der Küche umher und warf mir Fragen zu, um das Gespräch in Gang zu halten.
»Na, Martha, was machst du denn so in deiner Freizeit? Bist du auch so verrückt auf Fernsehen und Computer wie Scott?«

»Nein. Wir haben weder einen Fernseher noch einen Computer, Mrs Coxon. Ich habe daheim Arbeiten zu erledigen und ich lese ziemlich viel.«
»Hmm. Ich wünschte, wir könnten Scott für Bücher interessieren.« Sie lächelte. »Vielleicht hast du einen guten Einfluss auf ihn, was denkst du?«
»Ich weiß nicht.« Ich sah mich in ihrer Küche um. Sie war toll, wie die Küche in einer Zeitschrift. Eines Tages werde ich auch so eine Küche haben. Hell, glänzend und blitzblank. Keine kalten Fliesen. Keine dunklen Ecken.
»Was liest du denn, Liebes? Horrorgeschichten, Bücher von Francine Pascal? Oder stehst du auf Fanmagazine?« Sie räumte die Geschirrspülmaschine aus. Zu Hause bin ich die Geschirrspülmaschine. Ich schüttelte den Kopf.
»Solche Bücher darf ich nicht lesen, Mrs Coxon. Und Zeitschriften auch nicht. Ich habe Arthur Ransome und Enid Blyton gelesen und eine Menge Schulgeschichten und *Betty und ihre Schwestern.* Als ich kleiner war, habe ich *Alice im Wunderland* gelesen. Das war mein Lieblingsbuch. Und ich lese die Bibel.«
»Sehr schön. *Alice im Wunderland* und *Betty und ihre Schwestern* hatte ich auch einmal. Aber am besten gefielen mir die Geschichten über Nancy Drew. Hast du schon mal von ihr gehört, Martha? Von Nancy Drew, der kleinen Detektivin?«
»Ich glaube nicht.« Ich schaute Scott an. »In der Schulbibliothek stehen die Bücher nicht, oder?«
Er zuckte mit den Achseln. »Keine Ahnung. Klingt, als wären es Mädchenbücher. Wenn ich überhaupt lese, dann lese ich Pete Johnsons Bücher.« Er grinste. »Mein Ding ist das Internet. Bildet total, obwohl Ma anderer Ansicht ist. Stimmt's, Ma?«
Seine Mutter seufzte. »Ich kann nicht begreifen, was es dir für deine mittlere Reife nützen soll, wenn du dich mit irgendeinem Kerl in Florida über deine Lieblingsrockbands unterhältst, Scott. Es gibt Lehrmaterialien im Netz, aber mir ist noch nicht aufgefallen, dass du sie herunterlädst.«

»Man muss manchmal auch seinen Spaß haben, Ma.« Er lachte leise. »Es ist einfach nicht mein Ding, mich mit Nancy Drew auf das Sofa zu kuscheln, und davon abgesehen, war *sie* der Grund, weshalb du deine mittlere Reife so gut gemacht hast?«
»Schwer zu sagen, Schatz. Aber wenn ich nach einem Kapitel um halb zehn schlafen ging, war ich am nächsten Tag ganz gewiss frischer, als wenn ich die halbe Nacht im Internet gesurft hätte.«
Sie war echt nett, Scotts Mutter. Sprach mit uns wie mit Gleichberechtigten, verstehst du? Stellte vernünftige Fragen und hörte uns wirklich zu, wenn wir antworteten. Nicht wie Mutter, die alle zwei Minuten die Bibel zitiert und sich für nichts interessiert, das außerhalb ihres Hauses oder der Kirche passiert. Ich hätte ewig dort sitzen können, aber um zwanzig vor acht brach ich auf. Mrs Coxon bot mir an, mich nach Hause zu fahren ... sie hat ein eigenes Auto ... aber ich traute mich nicht, und ich wagte auch nicht, mich von Scott nach Hause bringen zu lassen. Ich eilte den Dinsdale Rise entlang davon und es schien, als ob ich die wirkliche Welt hinter mir ließ und in ein Horrorreich hinabstieg.
Denn das ist das Haus meiner Eltern. Ihr Haus und ihr Leben. Ein Horrorreich.

28. Scott

»Also, Ma ... was denkst du?« Wir hatten Martha nachgeschaut, bis sie außer Sichtweite war, ehe wir die Tür schlossen.
Ma lächelte. »Ich denke, sie ist ein sehr nettes Mädchen, Schatz. Etwas schüchtern, aber das ist ja kein Wunder, wenn sie kaum aus dem Haus geht.«
»Das meine ich nicht. Glaubst du, dass sie jemand ist, der Lügen erzählt?«
Ma schüttelte den Kopf. »Keine Ahnung, Scott. Sie war nur fünfundvierzig Minuten hier, lieber Himmel.«
»Ich weiß, aber du musst doch *irgendeinen* Eindruck haben. Glaubst du, sie lügt, um Mitleid zu erregen?«
»Nein, Schatz, das glaube ich nicht. Soweit ich das beurteilen kann, hat sie meine Fragen ehrlich und aufrichtig beantwortet, würde ich sagen.«
»Dann wirst du ihr also helfen?«
»Oh, Scott!« Ma bedachte mich mit einem ihrer ärgerlichen Seufzer. »Ich möchte wissen, was ich deiner Meinung nach tun kann. Offensichtlich ist Martha zu Hause unglücklich, und das ist leicht verständlich. Sie darf nichts von dem tun, was andere Kinder machen. Sie besitzt nichts von dem, was für die meisten Kinder selbstverständlich ist. Die meisten Kinder in unserer Gesellschaft, meine ich. Und das arme Ding muss in der Schule auffallen wie ein Kuhfladen auf der Autobahn, wenn ihre Uniform nur annähernd so aussieht wie dieses Ding, das sie heute Abend trug. Ihre Eltern müssen vollkommen unsensibel sein,

aber das ist kein Verbrechen. Und wenn sie nicht gegen Gesetze verstoßen, kann man überhaupt nichts machen.«
»Dass sie Martha schlagen, ist verboten.«
»Ich weiß, Schatz, aber dafür gibt es keine Beweise. Wenn dein Vater und ich zur Polizei gehen und erzählen würden, dass die Dewhursts ihre Tochter schlagen, würde man dort als Erstes Beweise verlangen. Und wenn wir dann sagen würden, dass wir keine Beweise haben, würde die Polizei nichts unternehmen.«
»Also ... wäre es ein Beweis, wenn Martha der Polizei selbst davon erzählt?«
»Das bezweifle ich. Sie müsste die Striemen oder so etwas vorweisen.« Ma schaute mich an. »Das ist auch so eine Sache. Wenn sie geschlagen wird, wie sie behauptet, möchte ich wissen, weshalb in der Schule niemand Striemen an ihrem Körper bemerkt. Eine Sportlehrerin, beispielsweise.«
Ich schüttelte den Kopf. »Das macht Martha nicht zu einer Lügnerin. Vielleicht ist ihr fieser Vater schlau genug, keine Spuren zu hinterlassen.«
Ma nickte. »Vielleicht hast du Recht, Schatz, aber das ändert nichts an dem Problem. Ohne einen Beweis für ein Vergehen kann niemand etwas unternehmen, auch wenn er noch so viel Mitleid empfindet.«
Ich war wütend. Total wütend. Ma hatte gesagt, dass ich Martha mitbringen sollte, und ich hatte das getan. Und jetzt sagte sie, dass sie sowieso nichts tun konnte. Am liebsten hätte ich getobt und irgendwas zusammengeschlagen, aber ich tat es nicht. Ich sah sie nur an und sagte: »Ich werde einen Weg finden, um ihr zu helfen, Ma. Mit oder ohne Beweise.« Ich wünschte, ich wäre so cool gewesen, wie ich klang.

29. Martha

Fünf Minuten nach acht war ich zu Hause. Noch beinahe zwei Stunden Zeit. Die Dämmerung war hereingebrochen und alles sah wie immer aus. Keine Feuerwehrautos. Kein Zettel durch den Briefschlitz gestopft. Kein Nachbar, der wartete, um sich nach den merkwürdigen Geräuschen zu erkundigen, die aus unserem Keller drangen. Wahrscheinlich hätte ich länger bei Scott bleiben können. Ich wünschte, ich hätte es getan. Ich schaute nach Gräuel, dann setzte ich meine Rebellion mit einer Stunde Radio One fort. Ich tanzte zu der Musik, weil mir danach zumute war. Nichts ... nicht mal die Tatsache, dass dieses Haus ein Kerker war ... konnte mich heute Abend traurig stimmen. Kurz nach neun verstellte ich den Sender wieder, schaltete aus und ging in mein Zimmer. Um neun Uhr muss ich ins Bett. Wenn meine Eltern nach Hause kommen und mich unten erwischen, gibt es Ärger.

Am nächsten Morgen fing Mr Wheelwright von der Klassenfahrt in die Hanglands an. Diesen Tag hatte ich gefürchtet, denn es bestand keine Chance, dass Vater mich fahren ließ. Und alle Kinder wussten es. Ich konnte ihre Blicke spüren, als Wheely uns sagte, dass das Geld bis zum ersten Mai abgeliefert werden musste. Siebzig Pfund. »Diejenigen bitte melden, die definitiv mitfahren werden.« Er zählte rasch durch. »Gut. Diejenigen melden, die *glauben*, dass sie mitfahren werden.« Wieder zählte er. »Aha. Fährt jemand definitiv nicht mit?« Langsam hob ich die Hand. Es war die einzige. Wheely nickte und kritzelte etwas auf seinen Block. Tracy Stamper trat mich gegen den Knöchel. »Mach dir nichts draus, Lumpy. Man weiß ja nie ... vielleicht gewinnen deine Eltern noch im Lotto.« Die anderen am Tisch kicherten, ausgenommen Scott, der die Stamper finster anschaute und mir ein kurzes Lächeln zuwarf.

In der Pause sagte Scott: »Ich wünschte, du würdest in die Hanglands mitkommen. Ohne dich wird es nicht dasselbe sein.«

Ich schüttelte den Kopf. »Außer dir denkt niemand so, Scott. Alle anderen sind froh, dass ich nicht mitfahre.«

»Auf mich würden sie vermutlich auch gern verzichten, wenn wir schon davon reden.« Er schnitt ein Gesicht. »Ich hätte große Lust auszusteigen.«

»Nein, tu das nicht. Nicht für mich. Das ist nett von dir, aber ich möchte das nicht.«

Er zuckte mit den Achseln. »Wir werden sehen.«

Ich lächelte. »Der Abend gestern war toll. Deine Mutter ist super.«

Scott runzelte die Stirn. »Sie ist schon okay.«

»Okay?« Ich lachte. »Du bist ein echter Glückspilz, Scott. Ein schönes Zuhause, normale Eltern. Ich wünschte, ich würde bei euch wohnen.«

»Ha! Dann würdest du Ma und Pa bald von einer anderen Seite kennen lernen, Martha.« Er grinste. »Aber niemand hält dich davon ab, heute Abend wieder zu kommen. Wir könnten die KitKats aufessen.«

Ich schüttelte den Kopf. »Zwei Abende hintereinander lieber nicht. Deine Mutter wird glauben, dass ich deine Freundin bin.«

Scott nickte. »Glaubt sie sowieso schon, also kannst du ebenso gut kommen.«

»Ich traue mich nicht. Nicht heute Abend. Aber ich werde dich bald wieder besuchen, das verspreche ich.«

»Na gut. Wie wäre es, wenn ich zu dir komme?«

»Zu *mir* nach Hause?« Ich schüttelte den Kopf. »Unmöglich. Ich

hab dir doch gesagt ... ich darf *niemanden* mitbringen, und schon gar keinen Jungen.«
»Wer würde etwas davon erfahren, wenn deine Eltern bei der Arbeit sind?«
»Das ist es nicht allein, Scott. Unser Haus ist schrecklich. Kalt und dunkel und nirgendwo schöne Sachen. Wenn du es sehen würdest, wärst du bestimmt nicht mehr mein Freund.«
»Blödsinn! Dein Haus ist mir Wurst, Martha. Außerdem ist es nicht deines, sondern ihres. Ich möchte sehen, wo du lebst, damit ich mir jederzeit vorstellen kann, wo du gerade bist.«
»Also ...« Ich seufzte. »Ich werde darüber nachdenken, okay?«
Er lächelte. »In Ordnung. Und in der Zwischenzeit werde ich mit Pa ein Wörtchen über die Hanglands reden.«
Ich schaute ihn an. »Weshalb?«
Er zwinkerte. »Du wirst schon sehen.«

30. Scott

»Pa?«
»Ja?«
»Du hast doch von diesem Mädchen in der Schule gehört ... von Martha?«
»O ja.« Pa ließ seine Zeitung sinken und sah mich belustigt an. »Deine Mutter hat mir erzählt, dass du ein Mädchen mitgebracht hast. Fängst ein bisschen früh an, findest du nicht? Als ich zwölf war, habe ich mich nur für Flugzeuge interessiert.«
Ich hätte wissen müssen, dass er so etwas sagen würde. Ich schüttelte den Kopf. »Ich gehe nicht mit ihr oder so, Pa. Wir sind einfach nur Freunde und ich ...«
»O ja!« Er schaute zu Ma hinüber. »Das haben wir schon mal gehört, stimmt's, Schatz ... einfach nur gute Freunde?« Ma lachte leise.
»Aber es stimmt.« Sie hatten mich getroffen, weil ich wahrscheinlich selbst nicht ganz glaubte, dass Martha nichts als eine gute Freundin war. Fest stand jedenfalls, dass ich mehr Zeit damit verbrachte, an sie zu denken, als ich jemals zuvor an irgendeinen Freund gedacht hatte. Ich versuchte es noch einmal. »Also die Sache ist so. Sie ist die Einzige in der achten Klasse, die nicht in die Hanglands fährt, nur weil ihre Eltern ihr das Geld nicht geben, und das finde ich nicht gerecht, und da habe ich mich gefragt, ob wir ... ob du für sie bezahlen könntest, Pa.«
Pas Lächeln erstarb. Er faltete seine Zeitung zusammen, ließ sie auf den Couchtisch gleiten und schaute mich an. »Mein Sohn«,

sagte er, »so geht das nicht. Leute haben Gründe für ihre Entscheidungen, und außerdem haben sie ihren Stolz. Die Eltern dieses Mädchens haben vielleicht einen sehr guten Grund, sie nicht in die Hanglands fahren zu lassen.« Er zuckte mit den Achseln. »Vielleicht fürchten sie, dass ihr etwas passiert, beispielsweise beim Kanufahren oder Abseilen. Vielleicht hat es gar nichts mit Geld zu tun, und selbst wenn, dann stell dir mal vor, was sie empfinden müssen, wenn die Eltern irgendeines anderen Kindes anbieten, die Kosten zu übernehmen. Falls sie es sich nicht leisten können, wären sie beschämt, und falls sie nur geizig sind, wären sie wütend.« Er schüttelte den Kopf. »Es gibt ein altes Sprichwort, Scott. *Narren stürzen sich in Dinge, an denen Engel nicht zu rühren wagen*, und ich fürchte, dies ist so ein Fall. Es ist nicht gut, sich in das Leben anderer Leute einzumischen. Sie werden es dir nicht danken, und vielleicht richtest du am Ende mehr Schaden an, als Gutes zu tun.«

Ich hätte mit ihm streiten können. Ich hätte sagen können: *Ich dachte, wir sollten uns gegenseitig helfen*, aber ich schwieg. Ich kenne meinen Vater. Wenn er einmal einen Entschluss gefasst hat, ist er endgültig. Ich war nur froh, dass ich Martha vorher nichts erzählt hatte. Das wäre ein noch viel schlimmerer Fehler gewesen.

31. Martha

Ein Lieblingsspruch meiner Mutter lautet: *Bittet und ihr werdet empfangen*, also entschloss ich mich zu einem Versuch. Noch vor wenigen Wochen hätte ich es nicht gewagt, aber dies war die neue Martha. Martha, die Schwester von Mary und die beste Freundin von Scott. Trotzdem wartete ich, bis Vater fort war.

»Mutter?«

»Ja, Martha?« Sie machte sich fertig, um zur Arbeit zu gehen.

»Demnächst findet die Klassenfahrt in die Hanglands statt und Mr Wheelwright möchte das Geld bis zum ersten Mai haben.« Ich sagte das so, als erwartete ich ganz selbstverständlich, dass ich mitfuhr.

Sie knöpfte gerade ihre Strickjacke zu und hielt unvermittelt inne. »Weshalb erzählst du mir von der Klassenfahrt in die Hanglands, obwohl du genau weißt, dass wir dich nicht gehen lassen können? Wer, glaubst du denn, würde sich um das Haus kümmern und nach Gräuel schauen, während dein Vater und ich bei der Arbeit sind?«

»Es sind doch nur drei Tage, Mutter.«

»*Nur* drei Tage?« Sie schnaubte. »Ich nehme an, du würdest ohne mit der Wimper zu zucken deinen Vater bitten, dass er *nur* drei Tage freinimmt, damit du fortfahren kannst, nicht wahr?«

»Ich dachte ... du könntest vielleicht zu Hause bleiben, Mutter. Nur dieses eine Mal.«

»Oh, dachtest du? Du dachtest, es wäre mir vielleicht egal, auf vierundzwanzig Pfund Lohn zu verzichten *und* irgendeine absurde Summe zu blechen, die sie dafür haben wollen, dass sie dir beibringen, wie man Kanu fährt? Es wird dir als Erwachsene wirklich einmal sehr nützen, wenn du weißt, wie man sich von einem Felsen abseilt, nicht wahr? Die Leute werden Schlange stehen, um dich einzustellen.«

Ich schüttelte den Kopf. »Schon gut, Mutter. Ich habe gar nicht erwartet, dass ich mitfahren darf, obwohl du oft zu mir gesagt hast: *Bittet und ihr werdet empfangen*. Jetzt weiß ich wenigstens, dass es sinnlos ist, oder?«

Sie wurde kreidebleich. Schrie mich an. *»Wage nicht, mir aus der Bibel zu zitieren, junge Frau. Warte nur, bis dein Vater nach Hause kommt ... dann wirst du ganz bestimmt empfangen, worum du gebeten hast.«*

Aber es kam anders. Ich empfing nichts. Oh, er kam stampfend und brummend die Treppe herauf. Steigerte sich in seine Wut hinein, aber ich hatte meine Kommode vor die Tür geschoben. Du hättest hören sollen, wie er fluchte. Satan wäre vor Scham errötet. Um zehn nach zehn stampfte er wieder hinunter, knurrte irgendetwas, was er am nächsten Morgen mit mir machen würde, aber dann geschah nichts. Ich glaube, Mutter spürte etwas. Eine Veränderung. Ich wette, sie hatte ihm gesagt, dass er mich in Ruhe lassen sollte. Schließlich weiß ich gewisse Dinge, oder? Geheimnisse. Und ich werde älter. Das können sie weder wegbeten noch aus mir herausprügeln. Die Zeit ist auf meiner Seite. Das steht nicht in der Bibel, aber es ist wahr. Ich wette, wenn ich nicht locker lassen würde, dürfte ich sogar in die Hanglands mitfahren, aber es ist mir völlig egal.

Wolltest *du* mit achtundzwanzig Kindern, die dich nicht ausstehen können, am Rand eines Felsens stehen?

32. Scott

Freitag verabredeten wir, uns draußen vor Asda zu treffen, genau wie in der vergangenen Woche. »Denk daran, vielleicht kann ich nicht kommen«, warnte sie mich. Ich war sicher, dass sie dort sein würde, doch am Samstagmorgen sah ich um zwanzig vor zehn ihre Mutter unter der toten Ratte, die sie anstelle eines Hutes trägt, über den Parkplatz stapfen.

Es kotzte mich echt an, denn es nieselte und ich hatte eine halbe Stunde herumgestanden. Ich hatte vorgehabt, mit Martha in die Bibliothek zu gehen, um die Musikbox zu checken. Natürlich konnte ich trotzdem hingehen, aber ohne sie würde es nicht dasselbe sein.

Plötzlich hatte ich die blöde Idee, Mrs Dewhurst durch den Supermarkt zu folgen. Frag mich nicht, weshalb. Vielleicht dachte ich, ich könnte etwas über Marthas Leben daheim herausfinden, wenn ich beobachtete, was die alte Schachtel in ihren Einkaufswagen schmiss, vielleicht war mir einfach nur langweilig. Jedenfalls heftete ich mich an ihre Fersen und schnappte mir einen Einkaufskorb vom Stapel.

Ich habe mal gelesen, dass die Musik, die in diesen Läden gespielt wird, die Kunden irgendwie hypnotisiert, damit sie Sachen aus den Regalen nehmen, die sie gar nicht haben wollen. Angeblich wandern sie in Trance durch die Gänge und kommen mit einem Wagen voller Zeug an die Kasse, ohne sich zu erinnern, es ausgesucht zu haben. Ich weiß nicht, ob das stimmt, aber wenn es so ist, funktionierte es bei Marthas Mutter jedenfalls nicht. Sie schoss wie von der Tarantel gestochen durch den Supermarkt, ließ die interessanten Gänge links liegen und grapschte sich in den langweiligen vielleicht einen Artikel. Ich konnte kaum mit ihr Schritt halten und kaufte nichts. Als sie an der Kasse quietschend zum Stehen kam, bedeckte ihr Zeug gerade mal den Boden des Einkaufswagens. Mehl, Zucker, Schmalz, ein Beutel Kartoffeln, Waschpulver, Pampers, Haferflocken und Seife. Fertig. Ich warf einen Schokoriegel in meinen Korb, damit ich mich hinter ihr anstellen konnte. Ihr Mantel war ungefähr vier Millionen Jahre alt und stank nach Mottenkugeln. Beim Bezahlen klaubte sie Münzen aus einem abgewetzten Portemonnaie und zählte sie einzeln in die Hand des Mädchens. Sie hatte fürchterlich dünne Beine mit hervorquellenden Adern, die wie Würmer aussahen, die in ihren Strümpfen überwinterten. Als ich nach draußen kam, war sie fort.

Ich ging nicht in die Bibliothek. Wir haben ein Modem und an Wochenenden kann man billig surfen, also ging ich nach Hause und veräppelte irgendeine Tante in Florida. Ich erzählte ihr, ich sei zweiundzwanzig Jahre und Hirnchirurg mit einem Rolls-Royce und einer Villa auf dem Land und sie sagte: *Wie aufregend.* Sie hieß Scarlett und mit ihrem Gehirn war alles okay, aber sie meinte, ich könnte ihr vielleicht auf andere Weise helfen, denn sie wäre einsam. Als ich ihr sagte, dass ich in Wirklichkeit zwölf Jahre alt war, ging sie aus dem Netz, ohne sich zu verabschieden. Ich saß da, starrte auf den Bildschirm und wünschte, Martha wäre im Internet.

Ziemlich schlechte Aussichten.

33. Martha

Am Sonntagmorgen predigte Pastor Fenwick zu dem Text: *Dass ein jeder Mann Herr in seinem Hause sei.* Er stammt aus dem Buch Ester und ich glaube, es war kein Zufall, dass der Pastor ihn unmittelbar nach meiner kleinen Rebellion auswählte. Ich vermute, dass Vater mit ihm gesprochen hatte. Jedenfalls musste ich eine Dreiviertelstunde zwischen meinen Eltern sitzen, während der Pastor über Kinder schimpfte, die ihren Vätern nicht gehorchen. Es waren auch andere Kinder beim Gottesdienst, aber es schien, als sei jedes Wort direkt an mich gerichtet. Als wir nach Hause kamen, trug Vater seinen Werkzeugkasten in mein Zimmer hinauf. Ich konnte ihn oben poltern und scharren hören, während ich Mutter beim Kochen half. Ich hatte Angst. Ich dachte, vielleicht stemmt er die Bodendielen auf, um nach meinen Büchern, meinen Mädchenzeitschriften und – vor allem – Marys Postkarten zu suchen. Ich konnte mir nicht einmal vorstellen, was er mit mir machen würde, wenn er entdeckte, dass ich die Karten während der letzten fünf Jahre aufbewahrt hatte.

Als er herunterkam, räumte er sein Werkzeug fort, wusch die Hände, segnete die Mahlzeit und begann zu essen. Ich war ziemlich sicher, dass er nichts gefunden hatte, trotzdem ging ich bei der ersten Gelegenheit nach oben. Der Fußboden war okay, und zuerst begriff ich nicht, was er getan hatte. Dann entdeckte ich, dass die Kommode mit zwei L-förmigen Haltern an der Wand festgeschraubt worden war. Als ich nachsah, stell-

te ich fest, dass er mit meinem Kleiderschrank, meinem Nachttisch und dem Bett das Gleiche getan hatte. Er hat den Schlüssel für meine Tür, und so kann ich jetzt nicht mehr verhindern, dass er in mein Zimmer kommt. Ich verlor ebenso wenig wie er weder an diesem Tag noch später ein Wort darüber, aber es bestärkte mich mehr denn je in meinem Entschluss, diese elende Bruchbude in der Minute zu verlassen, in der ich sechzehn werde. Ich war entsetzlich niedergeschlagen, denn das wird noch vier Jahre dauern. Aber vielleicht werden die Dinge im Laufe der Zeit leichter.
So wie bei Ester.

34. Martha

Am Montagabend passierte eine Katastrophe. Mutter war ungefähr zehn Minuten fort und ich wusch zu den Klängen von Radio One ab, als es an die Tür klopfte. Ich trocknete mir die Hände am Geschirrtuch ab und schaltete das Radio aus, und als ich öffnete, stand Scott auf der Schwelle.

»Überraschung!« Hinter seinem Lächeln schaute er etwas belämmert aus. Ich lächelte nicht. Erstens war ich geschockt und zweitens verdiente er kein Lächeln.

»Ich habe dir doch gesagt, dass du nicht herkommen sollst«, zischte ich. »Woher wolltest du wissen, dass ich öffne und nicht Vater?«

»Ich habe beobachtet, wie er fortfuhr, Martha. Deine Mutter habe ich auch fortgehen sehen. Ich bin doch nicht blöd.«

»Doch, Scott. Du bist blöd, sonst wärst du nicht hier.« Ich schaute schnell die Straße hinauf und hinunter. »Du gehst besser, ehe dich jemand sieht.«

»Wenn ich im Haus wäre, würde mich niemand sehen, oder?«

Ich schüttelte den Kopf. »Ich kann nicht ... ich darf niemanden hereinlassen.« Langsam schob ich die Tür wieder zu. Ich wollte ihm bestimmt nicht die Tür vor der Nase zumachen, aber ich hatte Angst. Es brauchte nur irgendwer von der Glaubensgemeinschaft vorbeizukommen, und dann war ich geliefert.

Er streckte den Fuß aus. Die Tür prallte an seinem Turnschuh ab. Ich wagte es nicht, ihn länger draußen stehen zu lassen. Ich trat beiseite. »Dann komm rein, schnell.« Er trat ein. Ich schloss die Tür, lehnte mich mit dem Rücken gegen sie und schaute ihn an. »Okay, du bist drin. Und jetzt?«

Er zuckte mit den Achseln. »Keine Ahnung. Ich muss ja nicht lange bleiben. Ich wollte dich einfach sehen, verstehst du, und wo du wohnst.«

»Na gut.« Ich deutete in den düsteren Flur. »Da siehst du es. Ich hab dir doch gesagt, dass es schrecklich ist.«

»Unsinn.« Er schaute mich an. »Bekomme ich noch mehr zu sehen oder bleiben wir hier, bis ich wieder gehen muss?«

»Wir können ...« Ich deutete mit einer Kopfbewegung auf die Küche. »Ich habe gerade abgewaschen. Wenn du willst, kannst du abtrocknen.«

Er schaute sich in der Küche um und nickte.

»Nett. Irgendwie ... altmodisch ... wie die Küche in einem Film?«

»Klar.« Ich reichte ihm das Geschirrtuch. »Wie bei der Addams Family.« Er widersprach mir nicht, schaute nur verlegen. Ich steckte die Hände in das Spülwasser und wünschte, er wäre nicht gekommen.

35. Scott

Ich wischte die Wassertropfen vom letzten Teller und hängte das Geschirrtuch an den Halter. Martha trocknete sich die Hände ab. Ich wusste, dass sie wütend auf mich war, und ich war verlegen. Das Haus – jedenfalls der Teil, den ich bisher gesehen hatte – war wirklich fies. Nicht schmutzig. Das meine ich nicht. Ich rede von dunklen Farben, trostlosen Tapeten und uralten Armaturen. Nirgendwo Zimmerpflanzen oder Blumen, und alles schien ein einziges Durcheinander von lieblos ausgesuchten Dingen zu sein, die in Ecken gestopft waren und auf jeder Ablagefläche herumstanden. Wenn ich hier leben müsste, wäre ich auch ohne von Schulkameraden gequält zu werden und ohne die seltsamen Eltern in eine schwere Depression verfallen, so viel war mir klar. Kein Wunder, dass sie mich nicht herkommen lassen wollte.

»Möchtest du mein Zimmer sehen?« Ihre Stimme klang echt sauer. Am liebsten hätte ich gesagt: *Nein, ist okay, ich gehe jetzt,* aber sie sollte nicht glauben, dass ich es gar nicht erwarten konnte wieder zu verschwinden, deshalb lächelte ich und nickte.

Das Zimmer lag zwei Treppen höher und die obere davon war dunkel und schmal und knarrte. Es war so eine Treppe wie in alten Schwarzweißfilmen, wo Frauen mit Kerzenleuchtern aus Messing erschlagen werden, du den eigentlichen Mord aber nicht siehst, sondern nur die Schatten an der Wand. Es roch muffig.

»Hier ist es.« Ohne Witz, die Tür quietschte, als Martha sie

aufstieß. Ich sah einen abgewetzten Teppich und ein schmutziges kleines Fenster in der Dachschräge. Die schweren Möbel waren an der Wand festgeschraubt.
»Gemütlich«, sagte ich. Na ja, was kannst du da sagen?
»Ja, stimmt.« Sie deutete auf einen Holzstuhl. »Setz dich, wenn du magst.« Sie hockte sich auf das Bett und starrte auf den Teppich.
Es herrschte peinliches Schweigen, das ich schließlich brach. »Hast du denn keine Poster oder so?«
Sie schüttelte den Kopf. »Nicht erlaubt, außer du rechnest das da mit.« Ich schaute in die Richtung, in die sie mit dem Kopf deutete. Es war ein gerahmter Text, eine Handarbeit. *»Du, Gott, siehst mich.«*
»Hast du das selbst genäht?«, fragte ich, nur um etwas zu sagen.
»Nein, meine Oma, als sie ein kleines Mädchen war.«
»Oh.«
Ich wusste nicht, wie ich das Gespräch in Gang halten sollte. Martha schämte sich für ihr Zuhause. Mir wäre es nicht anders gegangen. Ich konnte sie nicht trösten.
Kurz darauf wurde ihre Stimmung ein bisschen besser und sie sagte: »Ich weiß etwas … ich werde dir meine geheimen Sachen zeigen.«
Ich runzelte die Stirn. »Geheime Sachen?«
»Ja.« Sie stand auf und ging in eine Ecke des Zimmers, wo sie niederkniete und den dünnen Teppich zurückschlug. Darunter befand sich ein lockeres Dielenbrett. Sie hob es hoch, legte es beiseite und begann Sachen aus dem Loch zu ziehen. Vier Bücher. Ein paar Zeitschriften. Ein zusammengerolltes Poster mit einem Gummiband. Ein Bündel Postkarten. Sie hielt die Postkarten hoch. »Von Mary. Sie ist schon überall gewesen. Willst du mal sehen?«
Ich wollte nicht. Nicht in diesem Moment. Ich hatte mich gerade an vergangenen Samstag erinnert und mir war etwas Seltsames eingefallen. Ich schüttelte den Kopf. »Jetzt nicht. Martha?«

»Was?« Sie drehte sich um, um mich anzuschauen, während sie immer noch auf dem Boden kniete.
»Für wen waren die Pampers?«
Sie wandte sich ab und begann die Sachen in das Loch zurückzulegen. »Pampers? Ich weiß nicht, was du meinst.«
»Deine Mutter hat bei Asda Pampers gekauft.«
»Wegwerfwindeln?«
Sie war schrecklich beschäftigt, wie sie da über ihrem Versteck kauerte. »Unmöglich. Und woher willst du das überhaupt wissen?«
»Ich bin ihr gefolgt. Stand an der Kasse direkt hinter ihr.«
Sie wandte sich um, das Dielenbrett in den Händen. »Weshalb, Scott? Spionierst du meine Familie aus oder was?«
Ich zuckte mit den Achseln. »Nein, ich spioniere nicht. Ich war neugierig, sonst nichts. Und mir war langweilig.«
»Merkwürdige Beschäftigung, jemanden durch Asda zu verfolgen. Ich hoffe, sie hat dich nicht bemerkt.«
»Weshalb sollte sie, Martha. Deine Mutter hat keine Ahnung, wer ich bin.«
»Es ist nur ... falls sie glaubt ... falls sie Verdacht schöpfen würde, dass ich mich bei Asda mit jemandem getroffen habe, wäre das das Ende meiner Einkaufsausflüge.«
»Entspann dich. Was deine Mutter angeht, war ich nichts als ein anderer Kunde.« Ich schaute sie an. »Du hast meine Frage nicht beantwortet.«
Sie schüttelte den Kopf, während sie das Brett wieder an seinen Platz steckte. »Ich weiß nicht, Scott. Sie muss die Windeln für irgendwen besorgt haben ... eine Nachbarin vielleicht.« Sie stand auf und strich ihren Rock glatt. »Ich glaube, du gehst jetzt besser. Ich habe Angst, dass Vater früher Schluss macht.«
»Okay.« Ich stand auf und folgte ihr aus dem winzigen Raum und die Treppe hinunter. Im Flur legte sie ihre Hand auf meinen Ärmel. »Sind wir immer noch Freunde, jetzt, nachdem du mein Zuhause gesehen hast?«

»Natürlich, du Dummkopf. Ich habe dir doch gesagt, dass mir das Haus egal ist. Dann bis morgen in der Schule, hm?«
Sie öffnete die Tür und blickte rasch die Straße hinauf und hinunter. »Ja. Pass auf dich auf, Scott. Bis morgen.« Sie sah von der Schwelle aus zu, wie ich den Hügel hinunterging. Ich drehte mich um und winkte und sie winkte zurück, doch als ich mich ein zweites Mal umwandte, war die Tür zu.

36. Martha

Das war knapp gewesen. Er war noch keine fünfzehn Sekunden aus dem Haus, als Gräuel in Geheul ausbrach. Die Tür zum Keller befindet sich direkt im Flur.

Zum Teufel, was hätte ich sagen sollen, wenn Scott ihn gehört hätte?

Ich musste mich sofort um den Kerl kümmern, ich glaube, sonst wäre ich zusammengebrochen. Erst als ich fertig war, wurde mir schlagartig klar, wie knapp ich entkommen war, und meine Beine wurden weich. Ich konnte kaum die Kellertreppe hinaufgehen. Ich wankte ins Wohnzimmer, ließ mich in einen Sessel fallen und saß zitternd da, obwohl die Abendsonne durch das Fenster schien.

Natürlich sind wir immer noch Freunde, du Dummkopf. Tja, aber du weißt nicht, was wir in unserem Keller haben, stimmt's, Scott? Ich habe dir *mein* Geheimnis gezeigt, nicht unseres. Nicht das Familiengeheimnis.

Als ich klein war, hatten mich immer Albträume von dem Ungeheuer im Keller gequält. Ich glaubte, es sei Mary. Lach nicht, Scott. Bitte nicht, denn das ist nicht komisch. Da waren in der Nacht Geräusche gewesen, weißt du. Lichter. Gedämpfte Schritte. Am Morgen war Mary nicht mehr da, aber wir hatten dieses Ding im Keller, Gräuel, von dem niemand etwas wissen durfte. Ich glaubte, Mary hätte sich in der Nacht verwandelt, wäre irgendwie zu diesem Wesen geworden. Tja, ich war erst sechs. Und damals begannen die Albträume. Ich erwachte schreiend, aber mein Zimmer befand sich ganz oben im Haus und deshalb hörte mich niemand. Niemand kam.

Versuch dir das vorzustellen, Scott. Ich dachte, dass Menschen sich verwandeln. Dass ich vielleicht eines Tages als kleines Mädchen einschlafen und als etwas aufwachen würde, das man im Keller einsperren muss. Es war meiner Schwester passiert, weshalb nicht auch mir?

Irgendwann begriff ich natürlich. Als die Postkarten kamen. Deshalb musste ich die Postkarten in Sicherheit bringen. Sie vertrieben den Albtraum. Hielten ihn fern. Mary war irgendwo anders, aber sie war immer noch Mary. Sie war in dieser und in jener Stadt gewesen, also konnte sie nicht im Keller sein. Sie bewahrten mich vor dem Verrücktwerden, die Karten.

Das Problem ist nur, dass ich mich neuerdings frage, ob die Wahrheit nicht ganz genauso schrecklich ist wie der Albtraum.

37. Scott

Um neun lag ich im Bett, aber ich konnte nicht schlafen. Gedanken jagten sich in meinem Kopf wie Motorradfahrer an einer Todeswand. Außerdem Bilder. Von Marthas Zuhause. Ihr Gesicht, als sie mich auf der Schwelle stehen sah. Der schreckliche Raum, in dem sie sich jetzt gerade befand und an mich dachte oder ihrer Schwester im Geist eine Nachricht zu funken versuchte. *Martha ruft Mary. Bitte melden, Mary. Hörst du mich? Over.*

Sie ist verrückt nach ihrer Schwester, so viel ist sicher. Diese dummen Postkarten. *Sie ist überall gewesen. Willst du mal sehen?* Ich hätte sie anschauen sollen. Hab wahrscheinlich ihre Gefühle verletzt, als ich sagte, nicht jetzt. Ich werde sie nächstes Mal bitten, dass ich die Karten ansehen darf, falls es ein nächstes Mal gibt. Natürlich gibt es ein nächstes Mal. Nur weil sie hineingegangen ist und die Tür zugemacht hat, während ich noch winkte, bedeutet das nicht …

So ging das. Immer und immer wieder. Kein Wunder, dass ich nicht schlafen konnte. Es war zehn nach elf, als ich die Idee hatte. Eine tolle Idee. Ich konnte für Martha etwas versuchen, das sie selbst nicht versuchen konnte.

Im Internet. Wenn es mir gelang, über das Internet mit Mary Kontakt aufzunehmen? Die Chance war gering, zugegeben, aber besser als Telepathie. Ich stand auf, schaltete den Computer an und wählte mich ins Netz ein. Da gibt es eine Website, die REISEN heißt und ein Pinboard hat. Martha sagt, dass ihre

Schwester viel reist, also schaut sie das Pinboard vielleicht an. Vielleicht. Ich tippte folgende Nachricht ein.

> *Martha Dewhurst würde gern von ihrer Schwester Mary irgendwo in England hören.*
> *Bitte Kontakt mit SCOXON881@AOL.COM aufnehmen.*

Ich hatte die Nachricht gerade abgeschickt, als meine Tür aufging und Pa hereinschaute. »Weißt du, wie spät es ist, junger Mann?«

»Klar, Pa, steht ja auf dem Bildschirm. Siebzehn nach elf.«

»Genau, und du hast morgen Schule. Schalt jetzt aus und geh ins Bett.«

»Okay, Pa.« Ich meldete mich ab und fuhr den Computer herunter, dankbar, dass meine Nachricht nicht mehr auf dem Bildschirm gewesen war, als er den Kopf zur Tür hereinsteckte. Ich fürchte, wenn er sie gelesen hätte, hätte er mich beschuldigt, mich in Dinge zu stürzen, an denen Engel nicht zu rühren wagen.

38. Martha

Da gibt es etwas in meinem Versteck, das ich Scott nicht gezeigt habe. Nichts Großes. Nur ein Zeitungsausschnitt über den KINDERNOTRUF und eine Telefonnummer. Ich bewahre ihn auf, falls einmal der Tag kommt, an dem ich es nicht mehr aushalte. Vor ein paar Monaten dachte ich eines Abends, es wäre so weit, und ich wählte die Nummer. Ich wollte alles erzählen, auch von Gräuel, und es ein für alle Mal hinter mich bringen. Ich hatte keine Ahnung, was geschehen würde, doch ich war sicher, dass es auf keinen Fall schlimmer werden konnte, als es war.

Eine Frau meldete sich. *Hallo, Anrufer. Du bist mit dem Kindernotruf verbunden. Mein Name ist Doris und ich will dir helfen. Möchtest du mir nicht sagen, was los ist?*

Sie klang irgendwie alt und richtig nett, doch als der Moment gekommen war, konnte ich es nicht tun. Meine Stimme versagte. Ich stand mit dem Hörer am Ohr da und sie sagte: *Du brauchst keine Angst zu haben, Anrufer. Du kannst alles sagen, was du willst, und es wird nie jemand erfahren, dass du angerufen hast. Bitte sprich mit mir, damit ich dir helfen kann.* Aber ich konnte nicht. Ich legte auf und sank weinend auf den Stuhl.

Doch ich weiß, dass sie da ist, Doris. In meiner Phantasie stelle ich sie mir vor. Mollig und knuddelig mit starken Armen und sanften Augen, und ich kann sie jederzeit anrufen. *Zähle die Geschenke in deinem Leben* lautet einer von Mutters Sprüchen, und das mache ich, während ich da im Bett liege. Erstens Scott.

Zweitens Mary. Drittens Doris. Mutter würde sie natürlich nicht als Geschenke betrachten, aber es gibt ein Sprichwort: *Was des einen Geschenke, sind des anderen Gräuel.* Es stammt aus dem Buch Martha.

39. Scott

Am Dienstag war ich besonders nett zu ihr. Sagte, dass es schön gewesen wäre, ihr Haus zu sehen. Dachte sogar daran, die Postkarten zu erwähnen – sagte, beim nächsten Mal würde ich sie schrecklich gern anschauen. Die Sache mit dem Internet erwähnte ich aber nicht. Na ja ... sie war so unsicher. Ich meine, so viele Leute sind nicht im Netz, und die Chance, dass Mary zu ihnen gehört, erschien mir ziemlich gering. Außerdem war mir unwohl, als hätte ich mich in ein Familiengespräch eingemischt oder so. Auch Martha war nett, aber sie sagte, wir sollten uns lieber nicht verabreden. Nicht heute Abend. Ich stritt nicht mit ihr, aber ich dachte bei mir, vielleicht stehe ich einfach wieder vor ihrer Tür, und das tat ich auch und so fand ich die Wahrheit heraus.

Die Wahrheit. Ja. Erinnerst du dich, wie ich sagte, wenn du einen seltsamen Menschen erst mal richtig kennen lernst, wirst du feststellen, dass es einen Grund dafür gibt, weshalb er so seltsam ist? Also dann hör zu und sage mir, ob ich Recht hatte. Etwa um Viertel nach sieben kam ich zu ihrem Haus. Ich stand vor der Tür und dachte, hoffentlich ist sie nicht sauer auf mich, als ich dieses Geräusch, so eine Art Heulen, hörte. Es klang gedämpft, als käme es aus einem abgelegenen Teil des Hauses, und zuerst dachte ich, das ist sie. Ihre Eltern verprügeln sie. Deshalb wollte sie sich nicht mit mir verabreden ... sie wusste, dass ihre Eltern heute Abend nicht arbeiten, und genau so ist es. Und da drin verdreschen sie mein Mädchen nach Strich und

Faden. Ich nannte sie in Gedanken tatsächlich so … mein Mädchen … und bevor ich wusste, was ich tat, hämmerte ich mit beiden Fäusten an die Tür. Was zum Teufel ich getan hätte, wenn der alte Dewhurst geöffnet hätte, weiß ich nicht, denn ich fühlte mich kein bisschen wie ein Ritter in einer glänzenden Rüstung. Wenn du es unbedingt wissen willst, ich hatte total Schiss, aber davon abgesehen passierte nichts. Es kam niemand an die Tür. Als ich zu hämmern aufhörte, war einen Moment lang alles ruhig, dann begann das Geheul wieder, nur ist ›Geheul‹ nicht ganz der richtige Ausdruck. Es war kein Geheul. Nicht wirklich. Es war eine Mischung aus Schreien und Kreischen und dazwischen so eine Art blubberndes Murmeln, von dem ich eine Gänsehaut bekam.

Ich wollte fortlaufen, aber ich konnte nicht. Nicht ohne einen weiteren Versuch. Ich wartete, bis die Geräusche aufhörten, dann klopfte ich wieder, dieses Mal hartnäckiger. Doch damit erreichte ich nur, dass das, was auch immer da drin war, aufs Neue zu kreischen begann. Ich wandte mich um und hastete den Weg hinunter. Mir war übel. Ich war auf halber Höhe des Taylor Hill, als ich Martha hinaufkommen sah.

40. Martha

Als ich ihn auf mich zukommen sah, war ich froh und wütend zugleich. Froh, ihn zu sehen, wütend, weil er offenbar bei mir zu Hause gewesen war. Froh und wütend trugen in meinem Kopf rasch einen Ringkampf aus und froh gewann. Ich beschloss nett zu ihm zu sein.

Aber kaum hatte ich seinen Gesichtsausdruck gesehen, wusste ich, dass etwas nicht stimmte, und ich konnte mir ziemlich genau vorstellen, was es war. Keine Chance mehr auf eine glückliche halbe Stunde und außerdem zwecklos, sich wütend zu stellen. *Ihr werdet die Wahrheit erkennen*, dachte ich, *und die Wahrheit wird euch befreien*. Johannes, Kapitel acht, Vers zweiunddreißig. Auch einer von Mutters Lieblingssprüchen. Sie würde nicht sehr entzückt sein, wenn ich diesen speziellen Teil der Wahrheit offenbarte, aber verdammt, ich hatte genug. Es war Zeit, mit jemandem zu sprechen.

Auch er redete nicht lange um den heißen Brei herum. »Zum Teufel, was habt ihr da in eurem Haus … einen Vampir?« Echt zartfühlend. Ich schüttelte den Kopf, und er sagte: »Was dann?«

»Gräuel. Ich nehme an, du hast Gräuel gehört, Scott. Irgendwann musste ihn jemand hören. Seine Stimme wird kräftiger, weißt du.«

Er schaute mich an. »Gräuel? Was ist das … eine Art Name? Ist es ein Hund oder was?«

Ich schüttelte den Kopf. »Nein Scott, es ist kein Hund. Schau …

wenn ich es dir sage, darfst du keinem anderen Menschen davon erzählen, nicht einmal deiner Mutter. Versprochen?«

»Ich ... ich weiß nicht.« Er schüttelte den Kopf. »Hängt davon ab, was es ist, Martha. Ich kann nicht versprechen, dass ich schweige, wenn ich gar nicht weiß, worum es geht, oder?«

Ich antwortete nicht sofort. In mir fand ein Kampf statt, denn eigentlich ging es nicht um mich. Es war *ihr* Geheimnis, nicht meines. Kannst du ein Geheimnis verraten, das nicht deines ist? Scott legte seine Hand auf meinen Arm. »Hör zu«, murmelte er. »Wenn es eine Privatsache ist ... etwas, das niemanden sonst etwas angeht, dann werde ich keinem Menschen etwas erzählen.«

Ich nickte. »Es ist wirklich eine Privatsache. Eine Familienangelegenheit, nur ...«

»Was?«

»Nur bin ich nicht sicher, ob es eine Privatsache sein sollte, Scott. Ich dachte schon viele Male daran, jemandem davon zu erzählen, einer Lehrerin oder einer Frau namens Doris oder sogar der Polizei, aber ich könnte es nicht ertragen, wenn Mutter und Vater in Schwierigkeiten kämen. Sie glauben, dass es so richtig ist, weißt du. Sonst würden sie es nicht tun. Sie werden sicher wegen der Sache gebetet haben. Auf die kleine innere Stimme gelauscht haben. Oh, ich weiß, sie sind seltsam, Scott, aber sie sind gute Menschen. Wirklich gute Menschen. Sie tun, was sie für das Beste halten. Was ihrer Meinung nach Gottes Wille ist.« Ich brach ab und schüttelte den Kopf.

Er drückte meinen Arm. »Sag es, Martha. Erzähl es mir, dann können wir gemeinsam entscheiden. Vielleicht ist es einfacher, wenn zwei darüber nachdenken als nur einer allein.«

Ich schaute zu Boden, biss mir auf die Lippe. Nach all der Zeit war es so schwer, Worte zu finden. Wenn Scott und ich telefoniert hätten, ich glaube, ich hätte aufgelegt. Ich starrte auf den Bürgersteig. Autos zischten vorbei. Nach einer Weile holte ich tief Luft und murmelte: »Gräuel ist ein Junge, Scott. Ein kleiner Junge. Er lebt im Keller, in einem Käfig.« Ich schaute auf. Sein entsetztes Gesicht verschwamm in meinen Tränen. »Ich bin seine Tante«, stieß ich hervor.

41. Scott

Ich sagte kein Wort, stand bloß da und versuchte zu begreifen. Martha weinte in ein Papiertaschentuch, das ich ihr gegeben hatte. Leute gingen vorbei, aber niemand schenkte uns Beachtung. Wenn du wegschaust, geht dich die Sache auch nichts an. Nach einer Weile blickte sie auf: »Sag etwas, Scott, was du denkst, zum Beispiel, egal was.«
Ich schüttelte den Kopf. »Ich weiß nicht, was ich sagen soll, Martha. Das war zu viel. Ein Schock.« Ich glaube, sie lachte irgendwie, aber das war schwer festzustellen, weil sie sich gleichzeitig die Nase putzte.
»Ein Schock. Klar. Ich wette, jetzt willst du nicht mehr mein Freund sein.«
»Doch, natürlich, aber das ist im Moment doch nicht wichtig, oder?«
»Was ist dann wichtig, Scott? Ich brauche jemanden, der mir das sagt, denn ich habe es satt, allein damit fertig zu werden. Was soll ich tun?«
Ich schnitt ein Gesicht. »Lieber Himmel, Martha, frag nicht mich. Da muss ein Älterer her. Ein Erwachsener. Wir müssen mit irgendjemandem reden.«
»Nicht mit der Polizei!« Ihre Stimme war plötzlich schrill. »Du hast es versprochen, Scott. Vater und Mutter dürfen keine Schwierigkeiten bekommen, das habe ich dir gesagt.«
»Ich weiß, aber ...«
»Du hast es versprochen.«

»Nein, Martha, habe ich nicht. Nur für den Fall, dass die Sache niemanden etwas angeht.«
»Aber sie geht niemanden etwas an. Es ist eine Familienangelegenheit. Die meiner Familie. Ich hätte dir nichts erzählen dürfen.«
»O doch. Ich meine, es war richtig von dir, es zu erzählen, ich weiß nur nicht, was ich da tun kann. Dieses Kind … wer ist seine Mutter?«
Sie lachte. Dieses Mal bestand kein Zweifel. »Na, was glaubst du wohl, wenn ich seine Tante bin?«
»Mary? Er ist *Marys* Kind?«
»Ja, natürlich, du Dummkopf.«
»Aber du hast doch gesagt … ich dachte, Mary ist … du weißt schon … nett.«
»Sie ist nett. Sie ist toll. Sie ist die beste Schwester der Welt.«
»Und sie lässt zu, dass ihr Kind in einem *Käfig* lebt? Das würde ich nicht nett nennen, Martha. Das würde ich …«
»SIE WEISS ES NICHT!« *Jetzt* lenkte sie die Blicke der Leute auf uns, kann ich dir sagen. Mit ihrem Gebrüll. Ich hatte keine Ahnung gehabt, dass Martha dermaßen brüllen kann.
»Pssst!«, zischte ich. »Alle starren uns an.«
»Ist mir egal.« Sie sah wütend aus. »Wie konntest du denken, dass Mary jemanden in einem Käfig leben lässt? Ihr eigenes Kind? Sie glaubt, dass meine Eltern es zur Adoption gegeben haben, als es ein paar Tage alt war. Das haben sie ihr gesagt, aber wegen der Gerechten haben sie es nicht getan.«
»Wegen der Gerechten?« Ich starrte sie an. »Da komme ich nicht mit, Martha. Was haben die Gerechten denn mit der Sache zu tun?«
Sie schüttelte seufzend den Kopf. »Du verstehst das nicht, Scott. Du müsstest Mitglied sein, um das zu verstehen. Wir können nicht einfach … Kinder bekommen nur *verheiratete* Leute, kapiert, und Mary war nicht verheiratet, und wenn meine Eltern … hör zu, hier können wir nicht herumstehen und re-

den.« Sie schaute auf ihre Uhr. »Komm mit mir heim und ich werde versuchen, dir alles zu erklären, aber du darfst nichts unternehmen.« Sie starrte mich an. »Du darfst nichts unternehmen, Scott, etwa ... etwa versuchen, das Kind fortzubringen, versprichst du das?«
»Also ... gut.« Ich nickte. Was zum Teufel sollte ich auch mit einem Kind anfangen? Nichts lag mir ferner. Wir machten uns auf den Weg, den Hügel hinauf.

42. Martha

Wir saßen auf dem Bett in meinem Zimmer und ich erzählte ihm alles. Holte die Postkarten heraus. Zeigte ihm Marys Anspielungen auf das Kind auf denen, die sie an Mutter und Vater geschrieben hatte ... diese versteckten Andeutungen, die ich in den ersten drei Jahren nicht verstanden hatte. Ich ließ ihn die Karten lesen, während ich hinunterging, um mich um Gräuel zu kümmern. Als ich zurückkam, war er fertig und starrte zu Boden. »Und?«, fragte ich und warf einen Blick auf die Uhr. Dass einer meiner Eltern hereinspazierte und ihn entdeckte, hätte mir jetzt gerade noch gefehlt.
Er schüttelte den Kopf. »Ich begreife nicht, wie du die ganze Zeit schweigen konntest, Martha. Was deine Eltern da getan haben, ist schrecklich. Absolut schrecklich. Normale Menschen tun so etwas einfach nicht.« Seine Stimme war unsicher, sein Gesicht totenbleich. »Aber es erklärt die Pampers. Du kannst keine Windeln draußen auf die Wäscheleine hängen, nicht wahr? Sie würden dich todsicher verraten.«
Ich starrte ihn an. »Ich habe das nicht begriffen, Scott. Wenn du klein bist, begreifst du das nicht. Du glaubst, bei allen anderen Leuten geht es zu Hause genauso zu wie bei dir. Du nimmst an, die Eltern anderer Kinder sind genauso wie deine. Ich war acht, als ich begriff, dass andere Mütter ihren Kindern die Kleider kaufen, statt sie selber zu nähen. Vorher verstand ich nicht, weshalb andere Kinder über mich lachten. Und ich war neun, als ich die Wahrheit über Mary herausfand. Erst glaubte ich,

Gräuel *wäre* Mary … dass sie sich über Nacht auf irgendeine schreckliche Weise verwandelt hätte. Dann glaubte ich lange, er wäre mein kleiner Bruder, obwohl ich nicht schlau daraus wurde, weshalb er ein Geheimnis bleiben musste. Ich denke, mit zehn Jahren dämmerte mir, dass er Marys Sohn ist. Ich hatte entdeckt, dass du nicht verheiratet sein *musst*, um ein Baby zu bekommen, weißt du. Danach wurde mir alles klar, aber da hatte ich mich an die Situation gewöhnt. Ich meine, es schien mir nicht richtig, aber es kam mir auch nicht so seltsam vor, wie es dir vorkommen muss. Ich war nicht so schockiert, dass ich etwas unternahm. Es schien mir immer wichtig, meine Eltern zu schützen. Ihr Geheimnis zu bewahren …«

»Na gut, aber was ist mit dem *Kind?«* Er stand auf. »Es lebt wie ein Huhn in einem Käfig und heißt Gräuel. Hat mit sechs immer noch Windeln an. Wir können … es nicht einfach dabei belassen, Martha. Das geht nicht. Wir müssen irgendjemandem davon erzählen. Hör zu.« Er packte meine Arme. »Was ist mit Mary? Was würde sie tun, wenn sie davon erfahren würde, was glaubst du?«

Ich schüttelte den Kopf. »Ich weiß es nicht, Scott, aber sie wird es nicht erfahren, weil ich ihre Adresse nicht habe.«

»Und wenn ich eine Möglichkeit wüsste, mit ihr Verbindung aufzunehmen? Wärst du einverstanden?«

»Ich … ich denke schon, solange meine Eltern es nicht herausfinden, aber wie willst du denn …?«

»Über das Internet.«

»Was?«

»Das Internet. Du weißt, was das ist, stimmt's? Du hast in der Schule andere Kinder darüber reden hören.«

»Ja, schon, aber du brauchst spezielle Sachen, oder? In deinem Computer. Die Computer in der Schule haben kein … Dingsda.«

»Modem. Nein, aber mein Computer zu Hause. Ich könnte eine Nachricht losschicken und hoffen, dass Mary sie sieht.«

»Aber sie müsste auch ein … ein Modem haben, nicht wahr? Das kann ich mir nicht vorstellen – wo sie hier aufgewachsen ist so wie ich. Wir haben nicht mal einen Fernseher. Ich kann mir nicht vorstellen, dass Mary ein Modem hat.«
»Mary muss es gar nicht selbst haben, Martha. Es würde genügen, wenn sie jemanden mit einem Modem kennt. Wenn jemand mit einem Modem sie kennt. Ich bin sicher, er würde die Nachricht an sie weitergeben. Sollen wir es versuchen?«
»Ich weiß nicht recht, Scott. Das ist eine schwerwiegende Sache. Ich kann keinen klaren Gedanken fassen. Nicht im Moment. Hör zu, es ist bald neun. Du gehst jetzt besser. Ich werde darüber nachdenken und dir morgen Bescheid geben. Ist das okay?«
»Ja, vermutlich. Ich meine, das Kind hat sein ganzes Leben auf diese Weise verbracht, da kommt es auf eine Nacht auch nicht mehr an. Aber wir müssen etwas unternehmen, Martha, und zwar ziemlich schnell.«
Es war fünf vor neun, bis ich ihn aus dem Haus bugsiert hatte. Als er fort war, rannte ich nach oben und übergab mich. Ich war total angespannt. Ich ging zu Bett, um meine Eltern nicht sehen zu müssen, aber ich schlief nicht. Die ganze Nacht funkte ich Nachrichten. *Dein Kind ist hier, Mary, und wartet auf dich. So lange schon. Komm her, Mary. Over …*

43. Martha

»Wo bist du gestern Abend gewesen, Martha?« Vater, am Frühstückstisch. Ich bekam einen Riesenschreck. Irgendwer musste mich gesehen haben, also war Leugnen zwecklos. »In der Old Grange Lane, Vater. Sie ist so schön grün und friedlich.« Ich betete, dass ich allein gesehen worden war und nicht zusammen mit Scott.

»Grün und friedlich.« Ich staunte über die Milde seines Tons. Vor einem Jahr wäre er mit der Rute in der Hand um den Tisch gekommen. Aber jetzt blieb er sitzen, und von einem Rohrstock war weit und breit keine Spur. Mutter schöpfte Haferbrei in drei Schalen. Sie sagte kein Wort, schaute mich nicht einmal an. Ich nickte. »Ich musste einfach raus, Vater. Einen Spaziergang machen. Manchmal macht mich dieses Haus … ganz meschugge.« Solche Ausdrücke benutzte ich normalerweise nicht. Seine Augenbrauen wanderten in die Höhe. »Nun, es tut mir leid, dass das Zuhause, für das deine Mutter und ich hart arbeiten, dir nicht gefällt. Wir tun unser Bestes, mit Gottes Hilfe. Hast du zufällig … jemanden in der Old Grange Lane getroffen?«

»Nein, Vater.« Das war nicht gelogen. Nicht ganz. Ich war Scott auf dem Taylor Hill begegnet.

»Dieses Haus macht dich also nicht so *meschugge*, dass du Familienangelegenheiten mit Außenstehenden besprechen musst. Das ist gut.« Er beugte sich vor, die Hände um den Tisch geklammert. »Trotzdem wirst du weder den Ausflug von gestern Abend wiederholen noch aus *irgendeinem* anderen

Grund das Haus verlassen, wenn deine Mutter und ich fort sind. Ist das klar?«

»Ja, Vater.«

»Gut.« Er lehnte sich zurück, während Mutter eine dampfende Schale vor ihn stellte. »Gräuel scheint in letzter Zeit unruhiger als gewöhnlich zu sein und braucht ständige Aufsicht.«

»Vielleicht braucht er seine Mutter«, sagte ich. Der Himmel weiß, was mich dazu trieb. Ich hätte es besser nicht gesagt, denn vermutlich war das der Grund, weshalb Mutter die Schüssel fallen ließ, die sie gerade in den Händen hielt. Sie zerbarst auf den Fliesen und in der ganzen Küche spritzte Haferbrei umher.

Vater erstarrte, den Löffel halb an die Lippen gehoben. »Er hat keine Mutter, Martha. Sie ist vor langer Zeit gestorben.«

Ich zwang mich, ihm in die Augen zu sehen. »Nein, Vater, sie ist nicht tot. Sie heißt Mary, sie ist meine Schwester und sie schickt uns Postkarten. Und ich weiß nicht, was sie tun würde, wenn sie wüsste, dass wir ihr Kind seit sechs Jahren in unserem Keller gefangen halten.«

44. Scott

»Stimmt irgendwas nicht, Scott?« Ma aß Cornflakes und schaute besorgt. Auch Pa starrte mich an.
Ich schüttelte den Kopf. »Nein, wieso?«
»Du hast in der Nacht merkwürdige Laute von dir gegeben, Schatz. Geschrien. Ganz offenbar hattest du einen Albtraum, deshalb bin ich gekommen und habe dich geweckt. Erinnerst du dich nicht?«
»Nein.«
Sie lachte leise. »Du hast mit mir gesprochen, aber offenbar hast du trotzdem geschlafen.«
»Was habe ich gesagt?«
»Du wirst mir nicht glauben, wenn ich es dir erzähle.«
»Erzähl es mir trotzdem.«
»Na gut. Du hast dich aufgesetzt, mich todernst angesehen und gesagt: *Das erklärt aber die Pampers, oder?*«
»Habe ich das gesagt?«
»Sicher doch. Weiß der Himmel, wovon du geträumt hast.«
»Habe ich sonst noch etwas gesagt?«
»Kein Wort. Ich sagte: *Ja, Schatz, vermutlich hast du Recht,* und du bist fest schlafend in dein Kissen zurückgesunken.«
»Puh.« Ich starrte in meine Schüssel. »Träume sind schon komisch. Ich erinnere mich an nichts.« Aber ich erinnerte mich sehr wohl. Ein dunkles Haus. Irgendwer suchte mich. Jagte mich. Ein Kind, grauenhaft missgestaltet, in einem Käfig. Aber das konnte ich Ma nicht erzählen, oder?

Sie schaute mich an. »Es ist nur so, dass Albträume manchmal durch Sorgen entstehen, Scott. Deinem Vater und mir ist aufgefallen, dass du in letzter Zeit etwas geistesabwesend wirkst, und wir haben uns gefragt ...«
»Alles in Ordnung, Ma. Ehrlich. Mir geht es gut.«
»Und in der Schule?«, fragte Pa. »Hast du dort irgendwelche Probleme, mein Sohn?«
»Nein.«
»Kommst du mit den Arbeiten klar? Findest du Freunde? Du wirst nicht von anderen schikaniert oder dergleichen?«
»Nein, ich hab dir doch gesagt, es geht mir gut.«
»Du weißt, dass du jederzeit mit uns sprechen kannst, nicht wahr? Über alles. Was auch passiert, wir stehen zu dir. Denk daran.«
»Das werde ich, Pa. Danke.«
Wenn ich es nur tun könnte.

45. Martha

Sie ließen mich nicht in die Schule gehen. Es wäre mir egal gewesen, aber es war der erste Mai. Der letzte Termin, das Geld für die Hanglands abzuliefern, und die Stamper und Linfoot und der dumme Pritchard würden denken, dass ich deshalb nicht kam. Ich versuchte erst gar nicht, Vater das zu erklären, denn ich wusste, dass es zwecklos war. In Wahrheit hatte er Angst, genau wie Mutter. Ich konnte es ihren Augen ansehen. Sie hatten entsetzliche Angst, ich könnte ihr Geheimnis verraten. Zum Glück wussten sie nicht, dass ich es bereits Scott erzählt hatte.

Das war der zweite Mist. Scott. Ich wollte ihm heute Bescheid sagen, ob er Mary über das Internet suchen soll. Ich hatte im Bett immer wieder darüber nachgedacht und mich dafür entschieden, und nun konnte ich es ihm nicht mitteilen. Ich fragte mich, ob er es trotzdem tun würde, und betete, dass er nicht stattdessen zu einem der Lehrer ging.

Ich musste ihnen zeigen, wo ich die Postkarten versteckt hatte, und natürlich fanden sie auch meine anderen Sachen. Vater verlor die Beherrschung und ohrfeigte mich. Auf der Treppe sagte Mutter etwas zu ihm und er kam zurück. Ich lag zusammengerollt auf dem Bett und weinte. Er setzte sich, begann mit seinem Taschentuch meine Tränen abzutupfen und murmelte, dass es ihm leid tun würde. Ich hätte am liebsten gesagt: *Wenn es dir leid tut, dann bring meine Sachen zurück*, aber ich schwieg. Nach einer Weile schob er das Taschentuch in meine Faust und ging fort. Sein langsamer Schritt verriet mir, dass er wusste, dass das Spiel vorbei war. Aber er wusste nicht, dass ich alles dafür geben würde, wenn dem Kind geholfen werden konnte, ohne ihn und Mutter in Schwierigkeiten zu bringen. Dass ich sie liebte und deshalb die Sache so schwer für mich war.

46. Scott

Als Martha nicht in der Schule erschien, machte ich mir Sorgen. Wenn ihre Eltern nun wussten, dass sie mich ins Haus gelassen und mir ihr Geheimnis verraten hatte? *Vielleicht wird sie in dieser winzigen Dachstube gefangen gehalten? Schläge? Brot und Wasser?*

Auch die Kids machten mir die Hölle. »Wie ich sehe, ist Lumpen-Ann nicht gekommen«, flüsterte Simon, während Wheely die letzte Kohle für die Hanglands einsammelte. »Vermutlich konnte sie die Schande nicht ertragen.« Er tat, als würde er mit Tracy sprechen, aber er beobachtete mein Gesicht, während ich Sachen aus meiner Tasche angelte. Ich ließ mir nichts anmerken.

Die Stamper nickte. »Ich wette, wenn man Fünfpfundscheine nähen könnte, hätte ihre Mutter ihr welche gemacht.« Alle am Tisch lachten, außer mir.

»Stimmt«, prustete Linfoot. »Sie wären doppelt so dick wie echte und hätten lockere Fäden und krumme Ränder.«

»Und *fast* die richtige Farbe, aber nicht ganz«, fügte Thelma Rigsby hinzu.

Oh, sie hielten das für einen tollen Witz. Wahnsinnig komisch. Ich beachtete sie nicht.

Ich hoffte, dass Martha mittags aufkreuzen würde, aber sie kam nicht. Ich hatte Brote mitgebracht, damit wir reden konnten, und am Ende verspeiste ich sie neben Felicity Wardle, die sagte: »Deine Freundin hat sich dünn gemacht, was, Scotty?«

»Halt die Schnauze, Pickelgesicht.« Eigentlich war das nicht meine Art. Ich gebe Leuten keine Schimpfnamen, aber ich hatte die Nase voll, und außerdem musste ich nachdenken.
Mir ging dieses Kind nicht aus dem Kopf. Ein Kind in einem Käfig. *Noch immer* in einem Käfig, obwohl ein Wort von mir genügt hätte, um es zu befreien. *Narren stürzen sich in Dinge ...,* sagt Pa. Mit anderen Worten: Misch dich nicht ein, aber ein Kind in einem Käfig – ging das nicht jeden etwas an?
Ich dachte, vielleicht treffe ich sie zufällig auf dem Nachhauseweg, aber ich traf sie nicht. *Sie ist eingesperrt,* sagte ich mir. *Wenn sie frei wäre, hätte sie eine Möglichkeit gefunden, mich zu sehen.*
Gleich nach dem Essen ging ich nach oben und schaltete meinen Computer an. Ich hatte mir eingeredet, dass Martha einverstanden sein würde, und davon abgesehen blieb mir sowieso keine andere Wahl. Leute, die ein Kind sechs Jahre in einem Keller einsperren, konnten zu allem fähig sein, und Martha war in ihrer Gewalt. Ich hatte bereits eine Nachricht an das Pinboard von REISEN geschickt, aber keine Antwort erhalten. Ich kam zu dem Schluss, dass die Internet-Cafés eine größere Chance boten. Marys letzte Karte war in Birmingham aufgegeben worden, und in dieser Stadt gab es ein Internet-Café – das *Café Surf.* Vielleicht war dort jemand Stammkunde, der Mary kannte. Vielleicht.
Ich schrieb eine neue Nachricht:

> *Wer Mary Dewhurst (geboren in Scratchley, letzter bekannter Aufenthaltsort Birmingham) kennt, möchte sie bitten, wegen dringender Neuigkeiten bezüglich eines gewissen sechsjährigen Kindes per E-Mail mit SCOXON881@AOL.COM Verbindung aufzunehmen.*

Ich hoffte, dass sie unter ihrem richtigen Namen lebte. Ich hielt es für besser, nicht ›ihr‹ Kind zu schreiben, denn vielleicht sollten ihre Freunde nicht wissen, dass sie ein Kind hatte. ›Sechsjähriges Kind‹ erfüllte seinen Zweck – falls sie die Nachricht jemals erhielt, würde sie wissen, von welchem Kind ich sprach. Falls.

47. Martha

»Martha, du weißt, dass wir keine Verbindung zu dieser ... zu Mary aufnehmen können, selbst wenn wir wollten.« Donnerstagmorgen, nach dem Frühstück. Sie spült das Geschirr, ich trockne ab. Vater war fortgegangen, um im Büro vorbeizusehen. »Sie hat uns nie ihre Adresse gegeben, wie es eine anständige Tochter tun würde.«
»Wundert dich das, Mutter?« Ich warf scheppernd einige Teelöffel in die Schublade. »Ihr habt sie Isebel genannt, sie gezwungen, ihr Kind zu verlassen, sie aus dem Haus gejagt. Das war das erste Mal, dass du ihren richtigen Namen ausgesprochen hast, und der Kleine *hat* nicht mal einen Namen – Gräuel ist kein Name.«
»Er bekommt einen Namen, wenn er getauft wird, Martha. Wir konnten es bisher nicht einrichten, weil ...«
»Weil ihr nicht wagt, den Gerechten zu erzählen, dass er existiert.« Ich faltete das Geschirrtuch zusammen und hängte es auf. »Was ist mit der Wahrheit, Mutter? *Die Wahrheit wird euch befreien*, aber wir drei haben jahrelang gelogen.«
Sie schüttete das Abwaschwasser in das Spülbecken und wischte mit dem Spüllappen das Abtropfgestell ab. »Du verstehst das nicht, Martha. Sie hätten Mary ohnehin verjagt. Die Gerechten, meine ich.«
»Tatsächlich? Das ist aber nicht sehr christlich. Ich dachte, wir sollten einander lieben.«
»Liebe den Sünder, aber hasse die Sünde. Das ist unser Brauch.«

»Oh, du meinst, wir zeigen den Sündern unsere Liebe, indem wir ihnen den Rücken zukehren?«
»Sie müssen reumütig sein, Martha. Reue zeigen. Jesus sagte: *Geh und sündige von jetzt an nicht mehr.* Deine Schwester hat keine Reue gezeigt, nur Trotz. Sie hat uns ziemlich unmissverständlich klargemacht, dass sie keinerlei Absicht hegte, sich zu bessern. Sie hat sich sogar geweigert, den Namen des Kindsvaters zu nennen.«
»Vielleicht hatte sie einen guten Grund, Mutter.«
»Unsinn!« Sie zog die Gummihandschuhe aus und steckte sie hinter den Wasserhahn. »Deine Schwester taugt nichts, Martha. Gar nichts. Wenn du jemandem von dem Kind erzählst, wird nichts anderes passieren, als dass sie kommen und es in irgendein Waisenhaus schaffen, und du wirst auch dorthin müssen, weil dein Vater und ich im Gefängnis sitzen. Ist es das, was du möchtest?«
Ich schüttelte den Kopf. »Natürlich nicht.«
»Dann schweige, Kind. Es ist keine Lüge, wir kümmern uns nur um unsere eigenen Sachen. Dein Vater und ich haben deswegen gebetet und der Herr hat uns gezeigt, wie der Kleine vielleicht bald getauft werden und ein normales Leben führen kann.«
»Normal?« Ich schaute sie an. »Du meinst so wie ihr? Wie ich? Hältst du dieses Leben für normal? Ich nämlich nicht. Ich bin gequält worden, Mutter. Seit ich denken kann wegen unserer Lebensweise ausgelacht worden. Wegen dieser dämlichen Kleider. Wenn *das* alles ist, was ihn erwartet, kann er vielleicht ebenso gut im Keller bleiben.«
»Martha.« Sie streckte die Arme nach mir aus, aber es war zu spät.
Ich schüttelte den Kopf, wandte mich ab. »Ich gehe, Mutter. In die Schule. Ich möchte nicht, dass Vater oder dir etwas Schlimmes passiert, aber es muss etwas geschehen, und das wird es auch.« Halb blind vor Tränen stolperte ich in den strahlenden Maimorgen hinaus.

48. Martha

In dem Moment, als ich durch das Tor ging, klingelte es, und so blieb keine Zeit, um mit Scott zu sprechen.
»Wo warst du gestern, Martha?«, fragte Wheelwright.
»Sir, meine Mutter brauchte mich zu Hause.«
»Hast du eine Entschuldigung mitgebracht?«
»Nein, Sir.«
»Morgen ist sie da, Martha. Ist das klar?«
»Ja, Sir.«
Die Stamper beugte sich herüber. »Mami hat dich zum Lumpensammeln geschickt, stimmt's? Für deine neuen Sommerklamotten.«
»Du bist hässlich, Tracy Stamper«, zischte ich. »Das kann auch deine todschicke Uniform nicht verbergen.« Ich war verblüfft, diese Worte aus meinem Mund zu hören. Ich weiß nicht, woher ich den Mut hatte. Auch die anderen waren überrascht, einschließlich Scott. Seine Kinnlade klappte herunter, dann warf er mir einen Blick zu, der mein Herz einen Satz machen ließ.
»Da hast du dein Fett, Stamper«, kicherte er, »und sie hat Recht. Du hast ein Gesicht wie eine Bulldogge, die auf Glasscherben kaut.«
Du hättest sie sehen sollen. Sie raste vor Wut. »Wart nur, Lumpi«, fauchte sie. »Wart nur bis zur Pause.«

Doch in der Pause geschah nichts. Sie kam nicht mal in unsere Nähe, und wir standen nicht vor dem Lehrerzimmerfenster.

Vielleicht konnte sie die Bande nicht zum Mitmachen überreden.
»Scott«, sagte ich, »wir müssen Mary finden. Ich möchte, dass du ins Internet gehst.«
»Schon geschehen. Ich versuche es bei den Internet-Cafés, und wenn das nicht funktioniert, werde ich eine Spam losschicken.«
»Eine Spam?«
»Genau. Das bedeutet, dass man die gleiche Nachricht an viele verschiedene Newsgroups schickt. Eigentlich soll man das nicht machen, aber hier handelt es sich um einen Notfall. Ich habe auch überlegt, ob die BBC nicht vielleicht eine dieser SOS-Nachrichten senden könnte. Du weißt schon ... Gesucht wird Charlie Farnsbarns, letzter bekannter Aufenthaltsort vor fünf Millionen Jahren in der Äußeren Mongolei. Bitte begeben Sie sich in das Tracy-Stamper-Krankenhaus für unheilbar Hässliche, wo Ihre Mutter ...«
»Nein.« Ich schüttelte den Kopf. »Nicht über Radio, Scott. Meine Eltern hören Radio. Andere Gerechte auch. Es würde herauskommen. Bleib lieber beim Internet – Gerechte surfen nicht.«
Er grinste. »Wandeln nur über das Wasser, wie?«

Er wollte sich mit mir um sieben herum treffen. Ich schüttelte den Kopf. »Ich kann nicht. Irgendwer hat mich am Dienstagabend gesehen. Mich bei Vater verpetzt.«
»Was ist passiert? Hat er ...?«
»Nein. Er schlägt mich nicht mehr, Scott. Er hat Angst, dass ich irgendjemandem von dem Kind erzähle, aber trotzdem sollte ich abends besser zu Hause bleiben, bis wir eine Lösung gefunden haben.«
»Okay. Ich werde das Internet checken. Was soll ich sagen, falls Mary sich meldet?«
»Sag ihr, da wäre Martha, aber schreib Marfa ... M-A-R-F-A. Das ist ihr Kosename für mich, deshalb wird sie dann wissen, dass

die Nachricht echt ist. Sag, dass ihr Kind in einem Käfig in unserem Keller lebt und sie an irgendeinem Wochentag abends nach sieben herkommen soll, um es zu befreien, sonst holen wir die Polizei.«

Er nickte. »Okay. Wir reden in der Mittagspause weiter, und weißt du was?«

»Was?«

»Das war klasse, wie du es der Stamper gegeben hast. Hat mir tierisch gefallen.« Er grinste. »Marfa.«

49. Scott

Wenn dir jemand eine E-Mail geschickt hat, sagt eine fürchterlich künstliche Stimme: *Sie haben Post.* An diesem Donnerstagnachmittag passierte das nicht, also schaltete ich den Computer aus und ging fort, um nachzudenken. Es war ein warmer, sonniger Tag und in der Old Grange Lane hielten sich ungefähr tausend Leute auf, deshalb ging ich in den Park und schlenderte am Fluss entlang. Auch im Park waren zahllose Menschen, aber irgendwie blendete ich sie aus. Ich hatte das Gefühl, dass mir schier der Kopf platzte von all den Sachen, die in ihm herumwirbelten.

In erster Linie war da Martha. Ich glaube, ich liebte sie. Ich meine, es war offensichtlich, dass ich sie sehr mochte, aber garantiert denkst du nicht Tag und Nacht jede Minute an jemanden, nur weil du ihn magst. Ich hatte gute Freunde in Birmingham zurückgelassen, und klar, manchmal dachte ich an sie, aber nicht so. Die Sache entwickelte sich zu einer Art Besessenheit. Ich will dir sagen, wie ich das meine. Ich war gerade ganz allein, ging am Flussufer entlang und dachte nach, und die ganze Zeit sprach ich mit Martha. Ich meine, ich sprach nicht laut mit ihr. Ich quatschte nicht mit irgendeinem Unsichtbaren, während ich da lief, wie Verrückte das manchmal tun, aber ich stellte sie mir an meiner Seite vor und wir unterhielten uns lautlos. Ich sprach mit ihr in einer Weise, wie ich es nie gewagt hätte, wenn sie tatsächlich da gewesen wäre. *Martha, ich habe mich in dich verliebt. Ich weiß, du wirst sagen, wir*

sind erst zwölf, aber es ist wahr. Ich denke die ganze Zeit nur noch an dich. Ich möchte für dich sorgen. Solche Sachen. Ich stöhnte, als ich daran dachte, was Ma und Pa sagen würden, wenn sie wüssten, in welchem Zustand ich mich befand. Das Leben hätte sich nicht mehr gelohnt.
Dann war da der Kleine. Sechs Jahre alt und immer noch in Pampers. Wie er wohl aussah? An dem Abend, als ich ihn durch die Tür gehört hatte, hatte er wie ein wildes Tier geklungen. Was musste Martha tun, wenn sie ihn versorgte? Was genau? Ich habe eine lebhafte Phantasie, und es machte mich krank, als ich darüber nachdachte.
Weshalb hatte ich mich überhaupt eingemischt? Hätte ich wie alle anderen Martha gejagt, statt mich mit ihr anzufreunden, hätte ich nichts von ihr gewusst. Weder von ihr noch von Mary, noch von dem Kind in einem Käfig. Ich wäre jetzt irgendwo mit meinen Kumpels gewesen und hätte mich amüsiert, statt wie ein Verrückter am Flussufer entlangzulatschen und mit jemandem zu sprechen, der gar nicht da war. *Narren stürzen sich in Dinge ...*, sagte Pa. Ich begann zu glauben, dass er Recht hatte.
Immerhin gab es einen Lichtblick. Morgen war Freitag und am Montag war Bank Holiday. Drei Tage keine Schule. Vielleicht sah ich sie am Samstag bei Asda und am Montag gelang es ihr vielleicht ...
Jetzt geht das schon wieder los. Zum Teufel.

50. Martha

An irgendeinem Wochentag abends nach sieben. Lieber Himmel. Es ging um das Leben eines Kindes und es klang wie eine dieser Anzeigen, die du siehst, wenn jemand ein Haus verkauft. Ich glaubte, es würde uns Ärger ersparen, wenn unsere Eltern fort waren, wenn sie kam, mehr nicht.

Und von wegen Häuser verkaufen. Als ich nach Hause kam, wartete eine furchtbare Überraschung auf mich. Ich ging in die Küche und dort räumte Mutter Sachen in Pappkartons. Messer. Schnickschnack, Töpfe und Pfannen. Überall auf dem Boden Kartons. Ich sagte: »Was ...?«

»Wir ziehen um.« Sie schob einen vollen Karton beiseite und bückte sich nach einem leeren. »Das haben wir dir zu verdanken.«

»Was meinst du mit ›umziehen‹?« Oben konnte ich Vater herumpoltern hören. »Wie soll das gehen? Was ist mit ...?« Ich deutete mit einer Kopfbewegung zum Keller.

»Das schaffen wir schon.« Sie stopfte Topflappen und Geschirrtücher in den Karton. »Wir haben keine andere Wahl, und das ist allein deine Schuld. Deine und die von diesem ... wie hieß er noch ... Scott.«

»Scott? Weshalb Scott? Was hat er ...«

»Du hast dich viel zu sehr auf ihn eingelassen, Martha. Dein Vater hat dich zu warnen versucht, aber du wolltest nicht hören. Wir sind anders. Auserwählt. Wir können keinen Umgang mit Menschen pflegen, die unsere Lebensweise nicht verstehen.

Sie bringen uns in Schwierigkeiten. Wir müssen fort, jetzt, bevor es zu spät ist.«

»J...jetzt?« Mich packte die Angst. »Du meinst heute? Wir ziehen *heute* fort? Was ist mit der Schule? Mit Vaters Arbeit? Wo werden wir leben?«

Sie hob den Karton auf einen Stapel und packte den nächsten. »Schade, dass du dir all diese Fragen nicht vor ein paar Wochen gestellt hast, Kind. Vater wird in die Zweigstelle seiner Firma in Wharton versetzt und hat ein Haus gemietet, wir werden also in Wharton leben. Was die Schule betrifft ...«

»Aber Wharton ist meilenweit weg. Mindestens fünfzig Meilen. Ich kann nicht fünfzig Meilen fortgehen von ... von ...«

»Diesem Jungen?« Sie lächelte spöttisch. »Mach dich nicht lächerlich, Martha. Du bist zwölf. Ein kleines Mädchen. Als ich in deinem Alter war, habe ich mit Puppen und Malkreiden gespielt, nicht mit Jungen. Du wirst ihn nach einer Woche vergessen haben, und das ist gut so.«

Ich schüttelte den Kopf. »Nein, niemals. Er ist der einzige Freund, den ich jemals hatte. Wegen euch. Wegen der Gerechten. Ich werde ihn nicht vergessen, denn ich werde nicht fortgehen, und ihr könnt mich nicht dazu zwingen. Wenn ihr es versucht, werde ich von dem Kind erzählen. Ich werde es Mr Cadbury erzählen, der Polizei, allen. Ich werde es Pastor Fenwick erzählen. Ihr werdet als Sünder aus der Gemeinde vertrieben werden und beide ins Gefängnis kommen, und ich werde *froh* sein.« Meine Stimme war laut geworden und ich schrie das Wort ›froh‹ nur so heraus. Mutter stürzte auf mich los. Ich wirbelte herum, um zur Tür zu rennen, und schrie auf. In der Türöffnung kauerte Vater mit wütendem Gesicht und ausgebreiteten Armen, um mich aufzuhalten.

51. Martha

Er schloss mich in meinem Zimmer ein. Den ganzen Weg die Treppe hinauf wand ich mich und trat um mich. »Ihr könnt mich nicht ewig einsperren«, keuchte ich. »Wer kümmert sich um das Kind, wenn ihr bei der Arbeit seid?«

Wie sich herausstellte, sollten wir erst am Dienstag fortgehen. Es hatte irgendwas mit dem Bank-Holiday-Wochenende zu tun, aber Vater hatte noch etwas Urlaub. Er würde erst wieder in Wharton arbeiten.

»Ich muss in die Schule«, versuchte ich es. »Ihr habt mich am Mittwoch schon nicht gehen lassen. Wenn ich morgen nicht erscheine, werden sie sich fragen, was passiert ist.«

»Nein, Martha, werden sie nicht.« Er schob mich in das Zimmer. »Ich habe mit Mr Cadbury telefoniert und ihm gesagt, dass ich kurzfristig versetzt wurde. Du bist nicht mehr auf der Southcott Middle, junge Frau.«

Das war also das. Er drehte den Schlüssel im Schloss um und ging nach unten. Ich saß auf dem Bett, von der raschen Aufeinanderfolge der Ereignisse betäubt. Vor fünfundzwanzig Minuten hatte ich mich von Scott verabschiedet und geglaubt, wir würden uns morgen als Allerallererstes treffen. Er wollte im Internet nachschauen. Hatte morgen früh vielleicht Neuigkeiten, aber nun würde ich nicht dort sein. Ich würde ihn niemals wiedersehen.

Oh, so leicht gab ich nicht auf. Ich suchte nach einem Ausweg. Ich hatte gehört, wie Leute Schlösser aufknacken, und suchte nach einem geeigneten Werkzeug. Etwas aus Draht. In meinem Kleiderschrank entdeckte ich einen Bügel, bog ihn auseinander, formte ein Ende zu einem kleinen Haken und schob ihn in das Schlüsselloch, doch wie ich ihn auch drehte und wendete, es geschah nichts.

Ich zog das Fenster in Betracht. Es ist eine Dachluke – ein schmutziges kleines Ding in der Dachschräge, aber es lässt sich öffnen. Ich kletterte auf einen Stuhl, machte es auf und spähte hinaus. Alles, was ich sah, waren ein Stückchen Himmel, glitschige Dachziegel, die steil zur Regenrinne abfielen, und die Dächer der Häuser auf der anderen Straßenseite. Ich hatte mir ausgemalt, hinauszuklettern und an einem Fallrohr zur Erde zu rutschen, doch als ich die Dachschräge sah, wusste ich, dass ich nicht einmal hinausklettern würde, wenn das Haus brannte.

Einen kurzen Moment stellte ich mir vor, Botschaften zu kritzeln und hinauszuwerfen. *Hilfe, ich bin im Dachgeschoss eingesperrt. Im Keller wird ein Kind gefangen gehalten. Rufen Sie die Polizei.* Ich hätte Seiten aus meiner Bibel benutzen oder Tapetenstücke abreißen müssen, weil sie mir meine Postkarten und Magazine weggenommen hatten. Tatsächlich riss ich ein Deckblatt aus der Bibel heraus, aber dann stellte ich fest, dass ich keinen Stift besaß.

Nun blieb mir nur noch die Hoffnung, dass es Scott gelang, Mary über das Internet zu finden, ehe wir am kommenden Dienstag verschwanden. Es war eine schwache Hoffnung. So schwach, dass ich mich auf dem Bett zusammenrollte und mich in den Schlaf weinte.

52. Scott

Freitagmorgen sagte ich mir immer wieder: *Es gibt Millionen Gründe, weshalb Leute einen Tag schulfrei nehmen. Halsschmerzen. Nachts krank geworden. Verschlafen.* Doch in der Pause kamen Thelma Rigsby und Tracy Stamper über den Hof gerannt, um mir zu erzählen, dass Mrs Fawthrop Marthas Spind ausräumte.

»Sie ist geflogen«, keuchte die Rigsby, »wegen Unsauberkeit.«

»Verlogene Kuh«, brummte die Stamper. »Sie ist auf eine Sonderschule für gestörte Kinder gekommen. Ich habe gehört, wie Chocky mit Wheely darüber gesprochen hat. Du konntest sehen, wie froh die beiden waren.«

Ich rannte zum Sekretariat.

Kurz darauf tauchte Mrs Fawthrop mit einem sich ausbeulenden Müllbeutel unter dem Arm auf. Sie ist die Schulsekretärin. »Na, Scott, was kann ich für dich tun?«

»Miss, es ist wegen Martha Dewhurst. Ich habe mich gefragt ...«

»*Was* hast du dich gefragt, Scott?«

»Miss, einige der Mädchen sagen, dass sie abgegangen ist. Tracy Stamper behauptet, sie ist auf eine Sonderschule gekommen.«

»Tracy Stamper redet wie üblich Unsinn, aber Martha wird nach dem Bank Holiday nicht zurückkommen. So viel ist richtig. Ihr Vater wird in Zukunft anderswo arbeiten und die Familie verlässt Scratchley.«

»Wo, Miss? Wo gehen sie hin?«

Mrs Fawthrop warf den Müllbeutel auf einen Stuhl und seufzte. »Ich glaube nicht, dass dich das etwas angeht, Scott Coxon.

Wenn die Dewhursts wollten, dass du erfährst, wohin sie ziehen, hätten sie es dir gesagt. Ich kann es nicht.«

»Aber, Miss, es ist wirklich wichtig. Martha und ich ...« Sollte ich reden? Von dem Kind und allem anderen erzählen? Wie sollte der Kleine jemals befreit werden, wenn sie mit ihm verschwanden?

»Martha und du?« Sie zwinkerte, wie es Erwachsene tun, wenn sie glauben, das Geheimnis eines Kindes entdeckt zu haben. »Findest du nicht, dass du für solche Sachen ein bisschen zu jung bist, Scott? Ihr beide, meine ich. Wie auch immer.« Sie lächelte. »Sie weiß, wo sie dich finden kann, nicht wahr? Ich nehme an, sie wird dir schreiben, wenn sie in Verbindung mit dir bleiben will.«

Und das war's dann. Thema beendet. Gespräch vorbei. Ich war so wütend, dass ich jeden Versuch für sinnlos hielt, ihr die Sache zu erklären. Wahrscheinlich hätte sie mir sowieso nicht geglaubt. Ich wandte mich um und ging davon, und als ich nach draußen kam, paradierten die Rigsby und die Stamper Händchen haltend im Hof herum und sangen: *Lumpen-Ann, Lumpen-Ann, rannte weg mit dem verzweifelten Dan.*

Dan ist nicht der Einzige, der verzweifelt ist, dachte ich.

53. Martha

Am Freitag ließen sie mich raus. Blieb ihnen nichts anderes übrig. Der Kleine tobte wie noch nie – kreischte und schrie und warf sich gegen die Stangen. Ich schätze, er merkte, dass etwas nicht stimmte. Sie überließen ihn mir, während sie für den Umzug packten. Ich versuchte ihn mit Worten und Spielsachen und Leckerbissen abzulenken, aber er beruhigte sich nicht. Alles, was ich ihm gab, schmiss er nach mir, und immer wieder versuchte er aus dem Laufstall zu klettern. Schließlich kam Vater und schraubte sein Nachtdach fest und wir überließen ihn sich selbst. Schalteten das klassische Programm auf volle Lautstärke und ließen ihn schreien.

Dann musste ich meine Schubladen und meinen Kleiderschrank ausräumen und alle meine Kleider in einen großen, alten Koffer packen. Sie schlossen meine Tür nicht ab, und als ich fertig war, ging ich hinunter und half Mutter in der kahlen Küche beim Kochen. Ich benahm mich vorbildlich, aber das war nur gespielt. Ich wollte eine Gelegenheit bekommen, um aus dem Haus zu schlüpfen, und sei es nur für eine Minute, damit ich Scott eine Nachricht hinterlassen konnte.

In der vergangenen Nacht hatte ich mir im Bett einen Plan zurechtgelegt. Es war ein verzweifelter Plan, weil er von drei Dingen abhing. Erstens musste Scott erfahren haben, dass ich nicht mehr in die Schule kam. Zweitens musste er den Taylor Hill hinaufkommen, um Näheres herauszufinden. Und drittens musste ich die Nachricht irgendwo anbringen, wo er sie sah, ehe er unseren Weg hinaufging. Ich hatte die Nachricht in großen Buchstaben mit rotem Filzstift auf ein Stück Tapete geschrieben, mit dem Mutter eine meiner Schubladen ausgelegt hatte. Sie lautete: *SCOTT. KLOPF NICHT AN. MEINE ELTERN SIND DA. WIR ZIEHEN AM DIENSTAG FORT. WENN MARY BIS MONTAG NICHT HIER IST, ERZÄHL ALLES DEINEN ELTERN, DEN LEHRERN USW. ABER WARTE BIS MONTAG. ALLES LIEBE, M.* Die Nachricht steckte mit vier Reißzwecken zusammengefaltet in meiner Rocktasche. Ich brauchte nur ein paar Minuten Zeit.

Das Warten war eine Qual, vor allem nach halb vier. Angenommen, Scott kam direkt nach der Schule hierher? Er würde nicht klopfen, weil er annehmen musste, dass meine Eltern zu Hause waren. Höchstwahrscheinlich würde er ein paar Mal vorbeilaufen und das Haus aus den Augenwinkeln beobachten, um herauszufinden, ob sich irgendetwas tat. Vielleicht in der Hoffnung, mich durch ein Fenster zu entdecken. Schließlich würde er fortgehen und nach sieben wiederkommen, *und dann würde er klopfen.* Ich wagte nicht, mir auszumalen, was dann geschah. Irgendwie musste ich die Nachricht einfach draußen anbringen. Unter allen Umständen.

Meine Chance kam um halb sieben. Mutter war zu ihrer letzten Schicht gegangen. Vater, der mich den ganzen Tag mit Adleraugen beobachtet hatte, musste nach oben, um ein natürliches Bedürfnis zu befriedigen. Offenbar glaubte er, dass die Eingangstür verschlossen war oder dass ich meine Fluchtpläne aufgegeben hatte, aber da irrte er sich. Kaum war er außer Sichtweite, war ich auch schon aus der Tür geschlüpft und den Weg hinuntergerannt, während ich die zerknitterte Nachricht aus meiner Tasche zog. Das Dröhnen des Radios übertönte jeden Laut, den ich vielleicht machte, aber ich wusste, dass mir nur ein Moment blieb. Ich rannte ein paar Meter den Hügel hinunter und steckte meine Nachricht an den Zaun des Nachbarhauses, während ich betete, dass nicht irgendein Schlaumeier sie abreißen und dass es nicht regnen würde. Wenn es regnete, würden meine Worte in Sekunden zu einem bedeutungslosen Geschmier verschwimmen. Ich drückte die vierte Reißzwecke fest, wandte mich um und rannte zum Haus zurück. Als Vater wieder erschien, war ich in der Küche und trocknete das wenige Geschirr ab, das wir noch nicht eingepackt hatten. Ich hatte mein Bestes getan. Jetzt konnte ich nur noch warten.

54. Scott

Eigentlich wollte ich nach der Schule sofort zu Martha rennen. Fast hätte ich es auch getan, aber dann sah ich ein, dass es sinnlos war. Wenn sie bereits fort waren, fand ich nur noch ein leeres Haus vor, und wenn nicht, dann waren ihre Eltern dort. Ich sagte mir, dass sie nicht schon heute fortgezogen sein konnten, denn sonst hätte Martha gestern davon gewusst. Wahrscheinlicher war, dass sie am Wochenende umzogen. Ich beschloss, nach Hause zu gehen, meinen Posteingang zu prüfen, einen Happen zu essen und mich um sieben herum zu Martha aufzumachen.

Oh, ich war nicht so cool, wie es klingt. Überhaupt nicht. Und es war nicht nur die Angst um das Kind. Ich meine, ich hatte Angst, natürlich – noch ein oder höchstens zwei Tage und dann konnte ich Mary nichts Nützliches mehr sagen, falls sie sich tatsächlich meldete –, vor allem aber ging es mir um Martha. Mich und Martha. Ja, okay, ich gebe es zu. Ich war verrückt nach ihr. Verliebt, wie Ma vermutlich gesagt hätte. *Scott ist verliebt.* Toller Witz. Aber es war kein Witz. Du wirst es wissen, wenn dir das schon jemals passiert ist. Auf dem ganzen Nachhauseweg quälte es mich. *Sie geht fort und ich weiß nicht, wohin. Falls ich sie heute Abend sehe, wird sie es mir sagen, aber wenn es fünfzig Meilen weit fort von hier ist? Hundert? Zweihundert? Wir werden uns nie wiedersehen. Niemals. Wird sie mir schreiben? Fühlt sie das Gleiche wie ich oder wird sie mich vergessen, sobald sie in ihrer neuen Schule ist, einen anderen Typen finden?* Ich heulte beinahe, wenn du es genau wissen willst.

Als ich nach Hause kam, ging ich sofort nach oben. Schaltete den Computer an, wählte mich ins Netz ein und klickte ›E-Mail‹ an. *Sie haben Post,* sagte die Stimme. Ich schluckte, versuchte ruhig zu bleiben. Ich habe fünf Kumpels, die mir E-Mails schicken. Vermutlich war es einer von ihnen. Aber ich irrte mich. Es war Mary, E-Mail-Adresse ABAXT779@AOL.COM. Die Nachricht lautete:

Ich bin Mary Dewhurst. Was ist mit dem Kind? Ist das ein Witz? Wenn ja, dann sind Sie krank, krank, krank. Wenn nicht, schreiben Sie so schnell wie möglich, Adresse oben.

Ich saß wie betäubt da und starrte auf den Bildschirm, während kostbare Zeit verstrich. Ich konnte es einfach nicht glauben. Die Chance war so gering gewesen. Der Absender redete von einem Witz. Angenommen, *dies* war ein Witz? Machte sich da jemand einen Spaß auf unsere Kosten? Keine Möglichkeit, das herauszufinden. Ich dachte einen Moment nach, dann schrieb ich:

Mary, hier ist Marfa. Komm schnell. M&V ziehen an unbekannten Ort, vielleicht noch heute. Das Kind hat sechs Jahre im Keller gelebt, hört auf den Namen Gräuel. Danke für die Karte mit der Dame im Springbrunnen. Hoffe, Annette geht es gut. Alles Liebe, Marfa.

Das musste reichen. Der falsch geschriebene Name plus die Erwähnung von Annette und den Postkarten würden Mary überzeugen, dass die Nachricht echt war. Ich hoffte nur, dass ABAXT heute Abend ihren Posteingang prüfte und die E-Mail sofort weitergab. Ich vermutete, dass die Adresse Annette gehörte, deshalb war ich hoffnungsvoll. Tatsächlich konnte ich es nicht erwarten, Martha davon zu berichten. Ich schlang mein Essen herunter und schoss wie eine gesengte Sau aus der Tür. Ma und Pa müssen gedacht haben, dass ich übergeschnappt bin. Oder verliebt.

55. Scott

Erstens, Marys Nachricht. Martha wird total überrascht sein. Und überglücklich, aber wir dürfen zweitens nicht vergessen, die neue Adresse. Ich kann sie heute Abend ABAXT mailen, falls die verrückten Dewhursts bei Nacht und Nebel verschwinden, ehe Mary herkommen kann. Und wenn das klar ist, kommt drittens. Das Wichtigste. Ich muss sie geradeheraus fragen, denn eine weitere Chance werde ich nicht bekommen. *Liebst du mich?*

Oh, komm schon, Scotty – komm auf den Boden. Das wirst du sie niemals fragen. Nicht direkt. Keine Chance. Was ist, wenn sie lacht? Sie lacht nicht viel, die gute Marfa, aber ich wette, darüber lacht sie. Also gut, wie wäre es damit: *Wirst du mir schreiben? Postkarten genügen, wie die von Mary, nur schreib öfter, wenn du es einrichten kannst. Das ist nicht zu viel verlangt, nach allem, was ich für dich getan habe, oder?*

Nein, das darf ich nicht sagen. Es wäre nicht fair. Sie muss mit mir in Verbindung bleiben *wollen*. Also lass den letzten Teil weg und sage: *Wirst du mir schreiben, wenn ich dir schreiben werde?* Ja, das klingt ganz gut. Das kann ich direkt fragen.

Dieses Selbstgespräch führte ich, als ich mich den Taylor Hill hinaufschleppte, und dann stellte sich heraus, dass es völlig umsonst gewesen war, denn kurz vor Marthas Haus sah ich an einem Zaun diese Nachricht. Zuerst hielt ich sie für eines dieser Dinger, die irgendwelche Geisteskranke anbringen, wenn jemand Geburtstag hat. Du weißt schon – HARRY SPACK WIRD

HEUTE VIERZIG –, aber ich irrte mich. Es war eine Nachricht für mich. Ich konnte es nicht fassen.

SCOTT. KLOPF NICHT AN. MEINE ELTERN SIND DA. WIR ZIEHEN AM DIENSTAG FORT. WENN MARY BIS MONTAG NICHT HIER IST, ERZÄHL ALLES DEINEN ELTERN, DEN LEHRERN USW. ABER WARTE BIS MONTAG. ALLES LIEBE, M.

Das Wort ›warte‹ war größer als die übrigen, aber es war das Wort ›Liebe‹, das mein Herz bis zum Hals schlagen ließ. *Alles Liebe, M.* Ich starrte mit offenem Mund wie ein Idiot darauf, statt die Nachricht zu begreifen. Erst als eine Harley donnernd über den Hügel kam, erinnerte ich mich daran, was ich vorgehabt hatte, und begriff, dass es jetzt unmöglich war. Ich schaltete mein Gehirn ein und versuchte nachzudenken.

Meine Eltern sind da, also kann ich Martha nicht sagen, dass Mary über die Lage Bescheid weiß und jederzeit auftauchen kann. Außer ich klopfe und sage es jedem, der die Tür öffnet. Dann werden sie sich sofort aus dem Staub machen und bestimmt keine Nachsendeadresse hinterlassen.

Polizei? Nein. *Warte bis Montag.* Das ist unmissverständlich, oder? Dummerweise hat sich die Situation geändert, seit Martha die Nachricht hinterlassen hat. *Wenn Mary nicht hier ist.* Aber sie hat sich gemeldet und kommt her, und Martha muss es wissen, ohne dass ihre Eltern davon erfahren. Aber wie? Wie nur?

Eines konnte ich tun: die Nachricht verschwinden lassen, ehe ihre Mutter oder ihr Vater sie sahen. Ich riss sie vom Zaun, faltete sie hastig zusammen und steckte sie in die Tasche. Zum Glück waren keine neugierigen Passanten in der Nähe, nur ab und zu zischte ein Auto vorbei. Ich überquerte die Straße und ging auf der anderen Seite an dem Haus vorbei. Alles sah wie immer aus. Martha war an keinem der Fenster zu sehen. Zum

Teufel, wie konnte ich mit ihr sprechen, ihr sagen, dass ihre Schwester kam? Ihre neue Adresse erfahren, sie bitten, dass sie mir schrieb?

Angenommen, ich lungere hier herum, bis Mary kommt? Es wird ein wildes Durcheinander geben und vielleicht kann ich in dem ganzen Chaos mit Martha sprechen. Ihr eine Nachricht zustecken. Ja, aber vielleicht kommt Mary nicht vor Mitternacht oder morgen oder sogar erst am Sonntag. Hängt davon ab, wann ABAXT ihre E-Mail abruft. So lange kann ich nicht warten, oder? Pa wird die Polizei alarmieren.

Es muss einen Weg geben. Es muss. Ich musste nachdenken, und weshalb nicht hier im Schatten unter diesem Ahornbaum, wo ich das Haus im Auge behalten konnte. Ich konnte ein Stück von Marthas Nachricht abreißen und eine Notiz daraufschreiben, nur für alle Fälle. Ich lehnte mich an die Wand, zog einen Kugelschreiber aus meiner Innentasche und begann mit meinem Lieblingswort. Martha.

56. Martha

Neun Uhr. Es wurde dunkel, und keine Spur von Scott. Eine Hälfte von mir war erleichtert – die Hälfte, die sagte, er *wollte* mich sehen, hat aber meine Nachricht entdeckt. Die andere Hälfte flüsterte immer wieder, dass er vielleicht gar nicht gekommen war, weil er sich keine besonderen Gedanken um mich machte. Diese Hälfte war verzweifelt.

Mutter musste nun jeden Moment kommen und ich war in Todesangst, dass sie meine Nachricht sah. Eigentlich war das nicht möglich – der Bus würde sie oben auf dem Hügel absetzen und sie würde durch unser Tor gehen, ohne auch nur einen Blick auf den Nachbarzaun zu werfen, schon gar nicht in der Dämmerung. Aber wenn sie es doch tat? Wenn das helle Papier ihren Blick auf sich zog und sie neugierig machte?

Das Telefon klingelte. Vater hob ab. Ich konnte ihn nicht sehen, denn ich war in der Küche und das Telefon steht im Flur. Er legte sofort wieder auf, folglich musste sich irgendwer verwählt haben. Ich bereitete weiter das Abendessen zu. Es klingelte ein weiteres Mal. Wieder hörte ich, wie Vater abnahm. Ein paar Sekunden vergingen, dann landete der Hörer mit einem Knall auf der Gabel. Vater kam brummend durch den Flur, und gerade als er die Küche erreicht hatte, klingelte es ein drittes Mal. Er machte kehrt, nahm den Hörer ab und schrie: »WER IST DA? WAS WOLLEN SIE? WENN SIE MICH NOCH EINMAL BELÄSTIGEN, WERDE ICH IHREN ANRUF ZURÜCKVERFOLGEN LASSEN!« *Peng* machte der Hörer.

Mein Herz trommelte gegen meine Rippen wie das Kind gegen seine Käfigstäbe. Hatte da etwa Scott angerufen? War er so verrückt? Ich schluckte und versuchte die Beherrschung zu bewahren. Als Vater hereinkam, fragte ich: »Wer war das, Vater?« Ich hoffte, dass meine Stimme normal klang.

»Geht dich nichts an«, brummte er. »Deine Mutter wird bald hier sein.« Was heißen sollte, *mach schon weiter*. Ich nahm den Kessel vom Gas und goss kochendes Wasser in die Teekanne. Meine Hand zitterte.

Mutter kam herein, einen Blumenstrauß in der Hand, den sie auf die Arbeitsplatte warf. »Ist das zu fassen?«, schnaubte sie. »*Blumen*, für jemanden, der in drei Tagen umzieht. Was glauben die, was ich tun werde – sie einpacken und mitnehmen?« Ich wette, sie war der Sonnenschein in dieser Fabrik, meine Mutter. Ein Wunder, dass sie ihr überhaupt etwas geschenkt hatten. Aber offensichtlich hatte sie meine Nachricht nicht gesehen.

»Völlig hirnlos«, knurrte Vater. »Allesamt. Genau wie der Idiot, der gerade angerufen hat.«

»Welcher Idiot?«, fragte Mutter, während sie ihre Strickjacke auszog.

»Oh, irgendein junger Rowdy, der nichts Besseres zu tun hat. Drei Mal hat er angerufen. Drei Mal. Anständige Leute zu belästigen.«

»Was hat er gesagt?«

»Sinnloses Zeug. *Kontakt hergestellt. Mutterschiff naht*. Wie es klang, ein Sciencefiction-Freak. Hörte sofort auf, als ich ihm drohte, seinen Anruf zurückverfolgen zu lassen, sage ich dir. Einer von diesen Typen, die keinen Verstand haben und noch weniger Schneid.«

Ich glaube, es gelang mir, mich normal zu benehmen, aber viel essen konnte ich nicht. Kaum hatte Vater das Dankgebet gesprochen, entschuldigte ich mich und ging auf mein Zimmer. *Kontakt hergestellt. Mutterschiff naht.* Das war Scott gewesen. Er musste es

gewesen sein. Mit den Anrufen wollte er mir mitteilen, dass er Mary über das Internet gefunden hatte und dass sie herkam. Also keine Sciencefiction, lieber Vater. Nackte Tatsachen.
Beam mich weg, Scotty.

57. **Scott**

Wie der alte Dewhurst da ins Telefon brüllte. Mir wäre fast das Trommelfell geplatzt. Die einzige Möglichkeit, die mir eingefallen war, um Martha in Alarmbereitschaft zu versetzen, diese drei Anrufe. Um ehrlich zu sein, ich war ziemlich stolz auf die Idee. *Kontakt hergestellt. Mutterschiff naht.* Nicht schlecht für einen gestressten Typen, der um neun Uhr abends in einer Telefonzelle steht. Natürlich war mir klar, dass die Sache vielleicht nicht funktionierte. Wenn er niemandem davon erzählte, hatte ich meine Energie verschwendet. Deshalb rief ich dreimal an, damit er sich die Worte genau einprägte und so wütend wurde, dass er sie in Marthas Hörweite wiederholte. Ich zweifelte nicht daran, dass sie wissen würde, was sie bedeuteten – sie ist ein aufgewecktes Kerlchen, die gute Martha. So. Ich hatte alles getan, was in meiner Macht stand, um ihr mitzuteilen, dass sie mit Mary rechnen sollte, aber ich hatte nicht herausgefunden, wo ihre Eltern sie hinbrachten oder ob sie mir schreiben würde. Als ich das Telefonhäuschen verließ, war es beinahe dunkel, und mir war klar, dass ich nach Hause gehen musste. Ich fragte mich, ob sie wohl morgen bei Asda auftauchte. Es war unwahrscheinlich, aber ich wusste, dass ich trotzdem dort warten würde.

Ich verbrachte eine lange Nacht damit, mir auszumalen, was dort oben auf dem Taylor Hill möglicherweise geschah. Vielleicht fiel Mary wie ein Racheengel über das Heim der Familie her, verprügelte die gute alte Mami, erwürgte den lieben alten Vati, schnappte ihr Kind und donnerte in einem glänzenden roten Porsche davon. Oder vielleicht wählte sie eine leisere Methode. Schlich den Gartenweg hinauf, brach das Schloss mit einer Kreditkarte auf, ging auf Zehenspitzen die Kellertreppe hinunter. Am Morgen würden dann die Dewhursts aufwachen und feststellen, dass das Kind spurlos verschwunden war. Ich nehme an, dass ich ein wenig schlief, aber ich fühlte mich am nächsten Morgen überhaupt nicht danach.

Um neun Uhr stand ich vor Asda, und natürlich kam sie nicht. Natürlich nicht. Wahrscheinlich war Mary gestern Abend fünf Minuten nachdem ich meine Wache aufgegeben hatte erschienen. Möglicherweise hatte sie die Polizei mitgebracht. An diesem Morgen konnte dort oben alles passieren. Alles. Ich ging bis halb zehn auf dem Parkplatz auf und ab, dann machte ich mich auf, um mir Klarheit zu verschaffen.

58. Martha

Ich hatte eine hundsmiserable Nacht. Na ja, auf der einen Seite hundsmiserabel, auf der anderen aber auch aufregend. Ich ging zu Bett, ohne mich auszuziehen, da ich jeden Moment mit Mary rechnete, aber je länger ich da lag, desto mehr Zweifel kamen mir wegen der Anrufe. Ich meine, ich hatte keinen Beweis, dass es Scott gewesen war. Vielleicht hatte Vater Recht – es konnte auch irgendein Sciencefiction-Freak auf Alk gewesen sein, was mir immer wahrscheinlicher erschien, als die Zeit dahinschlich und nichts passierte. Und wenn es nicht Scott gewesen war – wenn Scott nicht einmal in der Nähe gewesen war –, dann hing meine Nachricht am Morgen für alle sichtbar am Nachbarzaun. Für Vater sichtbar.

Ich betete. Nicht mein übliches Nachtgebet. Es war das Gebet eines Kindes, das fix und fertig ist und nicht mehr ein noch aus weiß. *Lieber Gott, ich weiß, Mutter und Vater haben in dieser Sache mit dir gesprochen, aber es kann doch bestimmt nicht richtig sein, ein Kind in einem Käfig zu halten. Vielleicht hast du ihnen das ja gesagt und sie haben dich nicht richtig verstanden. Ich möchte sie nicht in Schwierigkeiten bringen, und ich möchte nicht böse sein. Ich denke einfach nur, ein Kind hat Anspruch auf etwas Liebe und Sonnenschein, und wie kommen solche Gedanken in meinen Kopf, wenn du sie mir nicht eingegeben hast? Bitte mach, dass Mary bald kommt. Amen.*

Ich glaube, danach schlief ich ein, denn als Nächstes bemerkte ich, dass es hell war und ich eine Amsel hörte. Ich stand auf und strich meine Kleider ein wenig glatt, aber meine Sachen sehen sowieso immer aus, als hätte ich in ihnen geschlafen. Ich wusch mir Hände und Gesicht, kämmte meine Haare und ging nach unten. Meine Eltern saßen am Tisch. Wir wünschten uns einen guten Morgen. Mutter brachte den Haferbrei. Unten machte das Kind Radau. Alles war wie an jedem anderen Samstagmorgen. Ich fragte mich, ob Scott es wie üblich bei Asda versuchen würde.

»Mutter?«

»Ja, Martha?«

»Brauchst du heute etwas aus dem Supermarkt?«

»Ich glaube nicht, danke. Wir kommen zurecht, bis wir umziehen, und am Dienstagabend können wir dann in Wharton einkaufen gehen.«

»Oh.« Mir sank das Herz. Ich hatte gehofft, meine Nachricht entfernen *und* Scott treffen zu können.

»Es gibt etwas, das du tun kannst«, sagte Vater. »Wenn du Gräuel versorgt hast, kannst du mit einem Schraubenzieher in dein Zimmer gehen und deine Möbel für die Möbelpacker von den Wänden losschrauben.«

»Ja, Vater.« Wenn Gebete erhört würden, wäre Mary gekommen und keine dieser trübseligen Sachen passiert. *Gebete werden nicht erhört,* dachte ich, während ich zum zweitausendsten Mal die Kellertreppe hinuntertrottete. Ich weinte beinahe.

Ein paar Minuten später wischte ich dem Kind gerade Brei vom Mund, als jemand an die Haustür klopfte. *Der Postbote,* sagte ich zu mir, um mich vor der Grausamkeit falscher Hoffnungen zu schützen. Ich warf das Tuch in das Waschbecken und griff nach der Packung Wegwerfwindeln. Ich hörte, wie Vater den Schlüssel umdrehte, den Riegel zurückschob. *Irgendein langweiliges Paket,* dachte ich. *Werbung. Ein Katalog über Fenster mit Doppelverglasung.*

»DU!« Vaters Stimme, bestürzt und wütend zugleich. *Wer? Scott? Nein.* Eine Frauenstimme. *Nein … doch nicht etwa Mary?*

Ich erhob mich, starrte zur Treppe. Das Kind, das in seinen durchnässten Windeln fror, begann zu quengeln.
»Ich will mein Kind«, gellte die Stimme. »Gib ihn mir, SOFORT!«
»Kind?«, stammelte Vater. »Bist du VERRÜCKT geworden? Das Kind ist nicht hier. Es wurde vor sechs Jahren adoptiert. Wir wissen nicht einmal …«
»Er ist *hier*, in diesem Keller. Martha hat mir eine E-Mail geschickt. Lass mich vorbei oder ich werde …«
»Eine E-Mail? Martha eine E-Mail? Jetzt *weiß* ich, dass du verrückt bist. Hier gibt es keine E-Mails. Lizzy!« Er rief nach Mutter. »Komm her und sag dieser Wahnsinnigen … dieser Hure, dass ihr Bast…«
Und in diesem Moment passierte in meinem Kopf etwas Merkwürdiges. Etwas sehr, sehr Merkwürdiges. Ich glaube, es lag an den Worten ›mein Kind‹. Ich schaute den Kleinen an und es schien, als sähe ich ihn zum ersten Mal als *ein Kind*. Er war nicht das Ungeheuer, für das ich ihn einmal gehalten hatte, und auch keine Last, die man mir aufgebürdet hatte. Er war weder eine Last noch ein schändliches Geheimnis. Er war ein Kind. Ein zartes, wunderhübsches grauäugiges Kind, das mit anderen Sechsjährigen draußen in der Sonne spielen sollte, statt eingesperrt wie ein Batteriehuhn ausgemistet und durch Gitterstäbe gefüttert zu werden. Ich starrte ihn an, und endlich begriff ich die Ungeheuerlichkeit des Unrechts, zu dem ich beigetragen hatte.
Schluchzend rannte ich zum Fuß der Treppe. »MARY!« Meine Stimme brach. »ER IST HIER!« Vater stieß einen Fluch aus und es waren Geräusche eines Handgemenges zu hören. Mutter begann zu jammern. Ich wandte mich um, hob den Kleinen aus dem Laufstall und begann die Stufen hinaufzulaufen. Er war leicht. Fast ohne Gewicht. Vater stand, mir den Rücken zugewandt, mit ausgebreiteten Armen oben an der Treppe, um mir den Weg und meiner Schwester die Sicht zu versperren, aber das Ende war abzusehen und nichts konnte mich mehr aufhalten, die Sache zu vollenden. *Nichts*. Ich drehte mich zur Seite und

rammte ihm meine Schulter ins Kreuz. Er bewegte sich nur wenig, aber die Frau erhaschte einen Blick von ihrem Kind, und das genügte. Sie schleuderte Mutter von sich fort, wich Vater aus, riss mir das Kind aus den Armen und lief schnell zu der offenen Tür. Der Kleine schlug die Hände vor die Augen und begann zu schreien. Es war das helle Licht, das durch die Türöffnung strömte. Das Sonnenlicht. Er hatte noch nie so viel Helligkeit gesehen. Sie brannte ihm in den Augen, und in den Armen einer völlig Fremden darauf zuzustürzen muss für ihn schrecklicher gewesen sein, als sich irgendeiner von uns vorstellen kann. Ich malte mir gerade aus, was meine Eltern mit mir machen würden, wenn Mary fort war, als sie stehen blieb, sich umwandte und ihre freie Hand nach mir ausstreckte.

»Komm, Marfa, schnell!«

Der Gedanke, dass auch ich befreit werden könnte, war mir nicht in den Sinn gekommen, doch ohne Zögern folgte ich dieser dünnen, schäbig gekleideten Fremden zur Tür hinaus und den Weg hinunter, dorthin, wo eine andere Fremde auf dem Fahrersitz eines uralten Autos saß, dessen Motor im Leerlauf lief. Das Letzte, was ich sah, als mich die Beschleunigung in den Sitz drückte, war Mutter, die auf der Türschwelle stand und wie jemand ausschaute, der die Welt untergehen sieht.

59. Scott

Ich war auf halber Höhe des Taylor Hill, als dieser ramponierte Mini mit einer Rauchfahne hinter sich den Hügel herunterkam. Es war der schrottreife Klang, der mich hinschauen ließ, und für den Bruchteil einer Sekunde traf mein Blick den Marthas. Ich dachte: *Sie verschwinden. Sie bringen sie fort und ich weiß nicht, wohin.* Ich dachte, es seien ihre Eltern. Erst als das Auto vorbeigefahren war und ich ihm nachstarrte, begriff ich, dass es nicht ihres gewesen war und dass die drei Leute, die ich flüchtig gesehen hatte, allesamt Frauen gewesen waren.

Das war am Samstag. Heute ist Montag und ich sitze auf einer Bank im Park, denke an Martha und versuche mich aufzuheitern, indem ich die guten Dinge zähle.

Erstens, der Kleine lebt nicht mehr in einem Käfig, sondern bei seiner Mutter.

Zweitens, Martha ist nicht mehr in diesem schrecklichen Haus. Sie ist bei ihrer Schwester, deren traurige zerrissene Karten sie all diese Jahre aufbewahrt hat.

Drittens, am Sonntagmorgen fuhr heulend ein Polizeiauto den Taylor Hill hinauf. Daher nehme ich an, dass Marthas Eltern nun herausfinden werden, wie es ist, wenn man hinter Gittern eingesperrt lebt.

Viertens, Martha ist fort von Pritchard und der Stamper und all den anderen Eseln in der Schule.

Bleibe noch ich. Ich kann nicht so tun, als sei ich glücklich,

denn Martha ist fort und ich liebe sie. Oh, ich weiß, was Ma sagen würde. Du kannst gar nicht verliebt sein, Scott. Du weißt nicht einmal, was das bedeutet. Na ja, irgendwie hat sie vielleicht Recht. Vielleicht liebe ich Martha nicht so wie Ma meinen Vater liebt oder wie ich Ma liebe, aber ich liebe sie ebenso sehr. Es gibt verschiedene Arten von Liebe, das ist alles, und je mehr Arten von Liebe es gibt, desto besser, weil es gar nicht genug Liebe geben kann, wenn du mich fragst.
Denkst du an mich, Martha?

60. Martha, Mary, Jim, Annette

Eine dünne, schäbig gekleidete Fremde. Ja, das ist Mary. Sie hat nichts von der verwegenen Abenteurerin, die ich mir die ganze Zeit vorgestellt habe. Wie sich herausgestellt hat, ist es ihr ebenso schlecht ergangen wie mir. Sie ist von einer Stadt in die andere gezogen, hat endlose Stunden für wenig Geld in sterbenslangweiligen Jobs gearbeitet und war immer auf der Suche, ohne zu wissen, wonach.
Jetzt weiß sie es, zumindest sagt sie das. Es war Jim. Jim, der einmal Gräuel genannt wurde. Annette meint, dass Mary ein anderer Mensch geworden ist, jetzt, wo sie Jim hat. Er ist total super, aber er macht viel Arbeit. Er kann nur Sachen tun, die ein Baby tut, deshalb geht er noch nicht in die Schule, aber alle möglichen Leute helfen ihm. Mary bringt ihm das Sprechen bei. Sie liest ihm ungefähr zehn Geschichten am Tag vor und redet stundenlang mit ihm, und er beginnt zu antworten. Was mich fertig macht, ist die Weise, wie er sich von mir knuddeln lässt, als wäre ich nie seine Gefängniswärterin gewesen, aber so lieben kleine Kinder eben, nicht wahr? Bedingungslos. Er knuddelt mich sogar auch, und das ist viel mehr, als ich verdient habe.
Ich gehe auf eine neue Schule, aber das ist total einfach, denn ich trage gekaufte Sachen wie alle anderen. Ich bin nicht mehr die Lumpen-Ann. Einige der Kinder nennen mich Ma, aber auf eine freundliche Art. Wir haben nicht viel Geld, deshalb kann ich auch hier nicht an der Klassenfahrt teilnehmen, aber ich bin nicht die Einzige, und außerdem ist es mir egal.

Ich vermisse Mutter und Vater. Ich weiß, es klingt wie eine Lüge, doch es stimmt. Sie haben etwas Schlimmes getan, aber sie hielten es für richtig, und jetzt haben sie alle verloren.
Sie haben nicht versucht, mich zurückzuholen, und selbst wenn sie es versuchen würden, ich würde nicht gehen. Ich nehme an, sie wissen, dass es mir bei Mary gut geht, dass wir beide uns durch diese Welt sündigen und irgendwo die Ewigkeit miteinander verbringen werden, wo es ein bisschen wärmer ist. Ich habe ihnen eine Karte mit lieben Grüßen und ohne Adresse geschickt, aber ich vermute, sie liegt im Mülleimer, entzweigerissen.
Ich freue mich auf Mittwoch. Dann hat Annette einen halben Tag frei und sie hat versprochen, dass sie mir zeigen wird, wie man im Netz surft. Du weißt schon, dem Internet.
Rate mal, wem ich zuerst eine E-Mail schicken werde.

Der Autor

Robert Swindells (*1939 in Bradford) gehört zu den bekanntesten englischen Jugendbuchautoren der neunziger Jahre. Bereits als Fünfzehnjähriger verließ er die Schule, um bei einer Zeitung als Korrekturleser zu arbeiten. Mit siebzehn ging er für drei Jahre zur englischen Luftwaffe; anschließend absolvierte er auf dem zweiten Bildungsweg eine Ausbildung zum Lehrer. Heute lebt er als freischaffender Autor in Oxenhope (Yorkshire). Für seine Werke wurde er mit dem Guardian Children's Fiction Award und der Carnegie Medal ausgezeichnet. Sein Erfolgstitel ›Smash!‹, eine mitreißende Geschichte gegen Rassismus und Intoleranz, erschien 1998 im Verlag Urachhaus, zuletzt der Jugendroman ›Ein neuer Anfang‹, der die Frage aufwirft, ob Freundschaft und Menschlichkeit auch in extremen Situationen zu verwirklichen sind.

Wenn du Hilfe brauchst:

Deutscher Kinderschutzbund
Schiffsgraben 29
D–30159 Hannover
Tel. 0511 / 30485-0
www.dksb.de

Robert Swindells

Ein neuer Anfang

Aus dem Englischen
von Angelika Feilhauer

185 Seiten, kart.

Eines Tages geschieht, was keiner so recht für möglich gehalten hat: Skipley, die Stadt, in der Danny mit seinen Eltern und seinem kleinen Bruder Ben lebt, wird bei einer Atomexplosion verwüstet. Nur durch einen Zufall bleibt Dannys Familie am Leben. Bald wird ihnen bewusst, dass die Katastrophe viel weitere Ausmaße annimmt, als sie erwartet hatten: Not und Hunger bewirken, dass jeder nur noch an sich selber denkt. Der Kampf um die letzten Vorräte lässt das wahre Gesicht vieler Menschen zum Vorschein kommen ...

Danny schließt sich einer Gruppe an, die es sich zur Aufgabe gemacht hat, die Hilfsbedürftigen zu unterstützen und einen Neuanfang zu wagen. Dabei erfährt er, wie unersetzbar Freundschaft und Achtung vor dem anderen sind.